바람이
소리를
만나면
...

바람이 소리를 만나면 …

지현 스님 지음

운주사

머리말

추야秋夜 반월半月이 허공에 비껴 떠 있다. 나를 내려다보는 듯, 너를 내려다보는 듯, 미소 짓는 듯, 슬퍼하는 듯 반월은 그렇게 서리 내리는 이 밤, 깊은 산사山寺의 뜨락을 비춘다.

　모름지기 이 시대를 살아가는 데 있어 우리가 구하고자 하고, 떨쳐내고자 하는 것은 무엇인가.

　구하고자 함은 일신의 안락인가, 영원을 지향하는 보리심인가. 떨쳐내고자 함은 삼생三生을 얽어매는 인연의 굴레인가, 번뇌의 껍질인가. 모든 것은 부질없다. 이 밤, 뜨락을 이리저리 굴러다니는 마른 나뭇잎처럼 그저 스산할 뿐, 모든 것은 부질없다.

　여기저기, 마지못해 응해 온 글의 조각들을 모아 부끄럽게 세상으로 내보낸다. 이 하찮은 글이 읽는 이에게 조금의 위안이나마 되었으면 더 바랄 게 없겠다.

심우실에서 지현

머리말 · 5

봄 목련꽃 그늘 아래서

봄의 청량사 · 12

목련꽃 그늘 아래서 · 15

절 마을 사람들 · 20

홍주洪舟 스님 1 · 33

홍주洪舟 스님 2 · 36

감은사感恩寺에서 ─ 혜강에게 · 41

다시 새벽을 열며 · 46

시인을 기리며 ─ 부여와 신동엽 · 50

돈 세상 · 56

자연을 위한 기도 · 61

적막한 어느 밤 · 67

여름 매미 소리

여름 숲 · 72

나의 농업 · 75

돌 집 · 78

월래月來 관음사 · 82

칠월칠석 · 85

청량사 지게꾼 · 90

말없는 아이 · 93

집 수리를 하며 · 98

청량산 물안개 · 101

늦은 밤 비는 내리고… · 105

평화를 위하여 · 110

경주 남산 · 114

매미 소리 · 118

사라호에 관한 기억 · 124

무더운 여름을 보내며 · 128

가을 바람이 소리를 만나면…

가을에 · 134

추억 속의 옛 절 · 137

산사 음악회 · 139

천 년의 울림 · 144

바람이 소리를 만나면… · 148

초옥草屋에서 · 151

정좌 · 154

청량산 특공대 · 158

그리운 두 여인 · 161

밤에 · 166

부용산 횡계리 · 168

산사의 하루는 저물고 · 171

소리의 심연 · 174

조촐한 대화 · 179

빈 들판을 지나며 · 183

산사의 차茶 · 188

겨울 촛불을 밝혀놓고

겨울 토굴살이 · 194

도피안사의 겨울 · 198

촛불을 밝혀놓고 · 202

영혼을 위한 음악 1 · 206

영혼을 위한 음악 2 · 209

작가의 죽음 — 한처사를 추억하며 · 211

청량산 산꾼 할아버지 · 215

지옥과 극락 사이 · 218

비 오는 밤에 · 223

새벽의 합동 연주 · 226

눈 꽃 · 230

삶과 죽음 · 234

에필로그 — 말과 글 · 237

봄

목련꽃 그늘 아래서

봄의 청량사

모든 것은 윤회한다. 우리나라처럼 사계四季가 분명한 곳
에서는 그 흐름을 확연하게 감지할 수 있다. 이십여 년 우람
하게 자라, 뜨락 한쪽에 버티고 서 있는 청량사의 목련을 보
면 이 같은 순환의 법칙을 온몸으로 느끼게 된다.

　봄에는 흐드러지게 꽃을 피워 그 향기를 뽐내다가, 여름
에는 무성한 잎으로 새롭게 단장한다. 그리고 가을엔 옷을
벗고 하나 둘 잎을 떨군다. 찬바람 불고 눈이 오는 겨울, 옷
을 다 벗은 목련은 앙상한 가지를 드러낸 채 추위에 떨고 있

다. 자기를 이겨내며 안으로 힘을 기르는 고행苦行의 계절
이다. 긴 겨울을 뜨락 한쪽에서 그렇게 안으로만 침잠하다
가, 사오월 훈풍이 불어오면 보란 듯이 불쑥 꽃망울을 터뜨
린다. 이 얼마나 확실한 윤회의 법칙인가.

올 봄에도 목련은 어김없이 꽃을 피울 것이다. 순백의 흰
꽃잎들을 도량 곳곳에 흩뿌리며 그만의 진한 향기를 뿜어
낼 것이다.

인생도 어찌 이와 다를 것인가. 생로병사의 구비를 넘다
가 이윽고 처음 출발했던 그곳으로 돌아가지 않던가. 돌아
간 뒤에 뜨락의 목련처럼 다시 꽃을 피울지, 아니면 혹독한
겨울을 이겨내지 못하고 끝내 말라죽고 말 것인지…….

허나 우리네 인생이 한 그루의 목련과 같다 하여 인생무
상이니 허무한 인생이니 하며 자포자기한 채 하루하루를
살 일은 아니다. 하루하루를 휴지 조각처럼 의미 없이 써버
릴 일이 아니다. 인생은 살아볼 만하고, 소중하며, 무엇보
다 값진 것이다. 이는 이미 살아본, 아니 살고 있는 우리가
더 잘 알지 아니한가.

자신의 생명이 다하여 당장 내일 죽는다 할지라도, 주어

진 오늘의 삶을 최선을 다해 살아가는 것이 살아 있는 우리의 의무이자 책임이다. 삶에 대한 의연한 태도를 어느 때라도 잃지 말고 간직해야 한다.

자연이 주는 법문은 한량없다. 묵연히 오고 가는 사계의 흐름 속에 꽃을 피우고 잎을 떨구는 심묘한 이치를 오늘 이 봄날에, 다시 이 봄날에 음미해 보는 것이 어떠할는지.

목련꽃 그늘 아래서

목련이 피었다 싶더니 어느새 지기 시작한다. 자고 일어나면, 흰 꽃잎들이 마당 가득 지천으로 깔려 있다. 봄비가 밤낮으로 이틀째 내리다 그치자, 소담하던 꽃봉오리들이 비와 바람에 부대껴 많이 떨어져 내렸다. 며칠 사이 목련은 수척해진 것 같다.

목련꽃 지는 절 뜨락에서, 산벚나무 꽃이 뭉게구름처럼 피어 있는 산등성이에서 봄은 무르익어 가고 있다. 겨우내 깊은 잠에 빠져 있던 온갖 생명들이 일시에 깨어나 기지개를 켜며 수런거린다. 씀바귀, 달래 등은 제일 먼저 언 땅의 표피를 헤치고 다소곳이 고개를 내민다.

농부들의 손길도 바빠진다. 흙을 갈아엎고, 거름을 넣고, 고랑과 이랑을 잘 정리하여 씨앗을 뿌린다. 감자, 고구마, 고추, 상추, 쑥갓, 호박, 옥수수, 토마토⋯⋯. 심을 것은 무량하다. 아지랑이 떠도는 들판에서 농부와 그의 아낙은 땀을 흘리지만 행복하다.

흙은 사람에게 힘을 준다. 기운을 불어넣는다. 기름지고 부드러운 흙 속에 손발을 묻고 일하다 보면 사람도 자연에 동화되어 악기惡氣가 없어지고 순해진다. 흙은 어머니의 젖가슴과 같다고 어느 시인이 노래하지 않았던가.

올해도 어김없이 사월 초파일 부처님 오신 날이 다가오고 있다. 불가佛家 최대의 명절인 이 날을 기리기 위하여 절은 시끌벅적 바쁘게 돌아간다. 한쪽에선 연등을 만드느라 보살님들의 손길이 바쁘고, 또 한쪽에선 산나물 등속을 손질하느라 여념이 없다.

자연이 주는 법문은 한량없다. 묵연히 오고 가는 사계의 흐름 속에 꽃을 피우고 잎을 떨구는 심묘한 이치를 오늘 이 봄날에, 다시 이 봄날에 음미해 보는 것이 어떠할는지.

부처님께서 이승에 오신 날, 삼라만상은 환희에 겨워 축복했으리라. 서로 마주보며 웃고 부둥켜안으며 이 사바세계에 환한 빛을 가져다 줄 아기 붓다를 향해 합장하며 경배했으리라. 2547년 전 인도 땅, 룸비니 동산에서 태어나신 아기 붓다는 천상천하天上天下 유아독존唯我獨尊이라는 첫 법문을 토해내셨다.

　목련꽃 그늘 아래서, 오늘 그 의미를 되새겨 본다. 한 손은 하늘을 향해 뻗고, 한 손은 땅을 향해 뻗으며 우렁차게 포효하신 천상천하 유아독존의 참된 의미는 과연 어디에 있는 것일까.

　하늘 위에서도 하늘 아래에서도,
　오직 나만이 홀로 존귀하다…….

　직역하면 이렇게 되는 이 첫 법문은 그러나 무언가 또 다른 의미를 품고 있을 것이다. 부처님을 바로 알지 못하고, 또한 그분의 뜻을 바로 깨우치려 하지 않고 음해하려는 이들에겐 이 문구文句는 좋은 소재가 됨직도 하다.

천상천하에 오직 나만 홀로 존귀하다는 것은 얼마나 독선적이고, 자기 도취적이며, 방약무인傍若無人하고, 지독한 아상我相에 사로잡혀 있음인가.

사실 이교도들이 이 문구를 들고 나와 논쟁을 벌인 적도 있었다. 허나 이것은 그야말로 '직역'이고, 껍데기일 뿐이다. 감히 여기서 이 법문을 '뜻풀이' 할 의도는 없다. 그러나 좁은 소견으로 그분의 뜻을 헤아려 보겠다.

이 세상엔 혼자뿐이다.

아무도 도와주지 않는다.

수행하고 수행하라.

그리하여 도를 이루어라, 성불하라.

붓다는 태어나자마자 혼자만의 고독한 수행의 길을 자신에게 그리고 사바세계의 모두에게 설파한 것은 아닐는지.

봄이 무르익어 간다. 뒷동산에 뻐꾸기가 울고, 시냇물 소리는 점점 드높아진다. 목련꽃 그늘 아래서 부처님의 오심을 새삼 되새겨 보며 뭉게구름처럼 피어 있는 앞산의 산벚나무 꽃들을 건너다본다.

절 마을 사람들

맹인 김처사의 초파일

초파일이 가까워 오면 생각나는 사람이 있다. 바로 맹인 김처사다.

그는 일 년에 딱 한 번, 초파일이면 어김없이 청량사 암자 응진전으로 온다. 쌀 한 됫박과 양초와 향이 든 작은 배낭을 메고 십 리 길을 터벅터벅 걸어 고향 찾아오듯 절로 온다.

말없이 집을 떠나 십수 년을 타관 객지로 떠돌던 부랑자가 심신이 지칠 대로 지쳐 노모가 홀로 지키고 있는 고향집에 찾아든다. 어둠이 깔리기 시작하는 마을……. 고향집 봉창엔 희미한 호롱불이 밝혀져 있다. 부랑자는 걸음을 멈추고 한참이나 서서 그 불빛을 바라본다. 노모의 그림자가 봉창에 어른거린다…….

맹인 김처사. 그를 보면, 그가 절로 찾아들 때면 문득 이런 정경이 떠오르곤 했다.

청량산 청량사, 응진전으로 오르는 길은 천야만야千耶萬耶 깎아지른 벼랑이다. 김처사는 그 험한 길을 지팡이 하나에 의지하여 오른다. 그가 언제부터 이 절에 오기 시작했는지는 모른다. 짐작컨대, 아주 오래전부터일 것이다.

그를 처음 만났을 때 나는 참으로 놀랐다. 일반인도 오르기 힘든 험한 길을, 앞이 전혀 보이지 않는 이가 아무 탈 없이 올라왔으니 말이다. 한 발짝만 잘못 디뎌도 천길 벼랑으로 떨어질 판국인 오솔길을 그는 참으로 태평스레 올라왔다.

김처사는 올라오자마자 응진전으로 들어가 아무 거리낌 없이 촛불을 켜고 향을 지피고 부처님께 삼배를 올린다. 그리고 가만히 앉아 있곤 한다. 무언가를 생각하고 있는 그의 뒷모습을 볼 때면, 누가 저 사람을 앞 못 보는 맹인이라 하겠는가 싶다. 그의 일거수일투족은 흐트러짐이 없었다. 왠지 부처님도 그를 내려다보시며 빙그레 웃으시는 듯하다. '대견하다, 대견하다.' 하시면서 웃으시는 듯하다.

알 수 없는 전생의 업보로 인하여 해가 뜨고 달이 지는, 꽃이 피고 눈이 오는 이 세상 천지간을 보지 못하고 평생 캄캄한 어둠 속을 걸어온 사람.

김처사는 초파일을 이틀 정도 앞두고 절에 온다.

"스님 계시요오……."

방문 앞에 서서 나를 부르며 껄껄 웃는다. 그의 목소리는 우렁우렁 청량산을 울린다.

"반갑습니다, 스님."

맞절을 하고는 손을 잡으며 그는 무에 그리 좋은지 연신 싱글벙글이다. 그는 부인 자랑도 잘한다. 그의 부인도 같은 맹인인데, 살림을 어찌나 꼼꼼히 잘하는지 동네 사람들 칭찬이 자자하다고 한다.

"스님, 제가 그래도 여복은 있는가 봅니다. 허허허……."

부인 자랑을 하면서 김처사는 유쾌하게 웃어 젖힌다. 그러면서 이내 내 등을 밀어붙인다.

"스님, 엎드리시오."

내가 연신 괜찮다는데도 그는 막무가내로 나를 눕히고 시원하게 안마를 해주면서 그의 주변 일들을 쉴새없이 들려준다. 밤이 깊도록 그와 이야기를 나누면서, 그가 누구 못지않게 정겨운 삶을 살아가고 있음을 느낀다.

올해도 며칠 후면 어김없이 그가 오리라. 일 년 만에 다시 우렁우렁한 그의 목소리를 밤 깊도록 들어볼 일이다.

해월심을 그리워하며

은진미륵 관촉사.

거기도 지금쯤 봄이 한창이겠지. 관촉사 뒤 반야산 기슭엔 복숭아 꽃들이 흐드러지게 피어 있겠지. 바람이 센 날이면, 복숭아 꽃잎이 은진미륵 부처님 쪽으로 한없이 날려 오곤 했었는데.

열세 살 적 행자 시절, 쓰레기를 버리려고 요사채 옆 산기슭 쪽으로 나갔다가 그만 미끄러져 언덕 밑으로 굴러 떨어진 적이 있었다. 한참 만에 일어나 보니 입안에 피가 고여 있고, 앞니 한 대가 빠져나가고 없었다.

나는 빠져나간 앞니 한 대를 허전하게 비워둔 채 십 년을 그냥 정신없이 바쁘게 살았다. 열세 살에서 십 년, 스물세 살 때였다.

초파일이 지난 늦은 봄날, 기도하러 자주 들르시던 팔십의 해월심 노보살님께서 나의 소매를 잡고 이끌었다.

"수좌 스님, 나랑 치과에 갑시다. 앞니가 뻥 뚫려 있으니 허전해 보이잖소."

논산읍 어느 치과에서 나는 빠진 지 십 년 만에 금니를 새로 해 넣었다. 요즘에사 어디 앞니에다 금니를 해 넣으랴만, 그때는 그냥 든든하고 좋기만 했다. 이후 관촉사를 떠나 전국 여러 절을 전전하며 살았지만, 초파일이 다가오면 해월심보살님이 생각나곤 했다. 십 년이나 비어 있던 내 앞니를 해 넣어준 고마운 보살님. 십 년 동안 내 이에 신경 써준 이가 어디 한 사람이라도 있었던가. 어려운 시절이었다.

그러구러 세월이 가고, 언제쯤이던가 그 자비심 많은 보살님이 돌아가셨다는 소식을 들었다. 나는 관촉사 쪽을 향해 합장하며 눈물을 흘렸다.

나이가 들고 절 살림 형편도 나아져서 오래되기도 한 번 쩍거리는 금니를 갈려고 했었다. 허나 그러질 못했다. 그때마다 해월심 보살님이 떠오르곤 했던 탓이다. 그분이 해준 것인데…… 이런 상념이 눈앞을 흐리게 했던 탓이다. 결국 나는 몇 년 전에 그 이를 갈았다. 오래되어서 흔들렸기 때문이다.

다시 봄이다. 그 자애로운 해월심 보살님이 살아 계시다면, 어김없이 절로 올라오시리라. 논산 은진미륵 관촉사가 있는 쪽을 망연히 바라본다. 복사꽃 산도화가 만발한 산천을 거닐며, 나는 오늘 새삼 해월심 보살님을 그리워한다.

절에 업혀 온 대월심 보살

1980년대 중반쯤이었다. 그때는 청량산 입구에 다리가 없던 시절이었다. 겨울엔 '섶다리'라고 하여, 소나무와 참나무 둥치들을 강바닥에 깊이 꽂고 그 위에 솔가지를 마구 섞고 황토 흙을 다져서 다리를 만들었다. 허나 이 섶다리는 오래 견디지 못했다. 한여름 장마가 거세게 지나가면 섶다리는 물에 휩쓸려 사라지고 말았다.

목련꽃 지는 절 뜨락에서, 산벚나무 뭉게구름처럼 피어 있는 산
등성이에서 봄은 무르익어 가고 있다. 겨우내 깊은 잠에 빠져 있
던 온갖 생명들이 일시에 깨어나 기지개를 켜며 수런거린다.

청량산 청량사를 육십 년 간 다녔던 대월심 보살.

보살은 다리를 다쳐 이십여 년 동안 청량사에 오지 못했다. 이제 나이는 팔순. 보살은 죽음을 앞둔 나이에 꼭 한 번 청량사의 큰 법당 약사여래불을 만나고 싶어했다. 허나, 어찌하랴. 보살은 여전히 거동하지 못했다. 청량산이, 꿈꾸는 듯한 약사여래불이 그리워 밤새 몸을 뒤척이기만 했다. 한 번만, 단 한 번만 갈 수 있다면…….

이때 대월심 보살의 손자가 군대에서 휴가를 나왔다.

"할머니, 할머니……."

노쇠한 할머니를 보며 손자가 울먹였다.

"할머니, 소원이 뭐예요?"

청량사에 한 번 갔다 오는 것이 소원이라는 할머니를 업고, 손자는 곧 무너질 듯한 섶다리를 건너, 네 시간 동안 걷고 또 걸어서 청량산에 올랐다.

"나무약사여래불, 나무약사여래불……."

대월심 보살은 내게 조그만 주머니를 건넸다.

"스님, 이걸 받아 주시오. 요사채 짓는 데 보태 쓰십시오."

주머니에는 12만 5천 원이 들어 있었다. 아들, 손주가 준 용돈을 꼬깃꼬깃 모아 부처님께 시주할 날만 기다리며 모아둔 것이었다.

보살님의 깊은 마음을 받아, 요사채는 무사히 모양을 갖춰 신도들을 위한 쉼터가 되고 있다. 대월심 보살의 깊은 마음 씀씀이가 아직도 이 청량사와 청량산 자락 곳곳을 어루만지고 있다.

선묘화 보살에 대한 기억

선묘화 보살은 우리 절 아래 오래 살았다. 허나 오래 살았다 해야 십여 년. 그런데 그녀는 가끔씩 집을 나가 그녀의 남편을 울렸다. 서울에서 대학을 다니다 지금 남편을 만나, 그를 위해 학교를 그만두고 회사를 다녔으나 그것마저 그만두고, 이곳 절 아래 남자의 마을로 내려왔다.

이제 그녀의 나이 서른셋. 그녀는 나를 찾아와 울먹였다.

"스님, 전 속았어요. 속았어요……. 땅도 많고 집도 좋은 기와집이라고 하면서 저더러 내려가자고 했다구요. 그런데 아무것도 없잖아요. 전 여기서 못 살아요, 스님……."

그녀의 남편은 고추 농사를 짓고 있었는데, 그게 잘 안 되는 모양이었다. 선해 보이는 남자의 모습이 떠올라 나는 그녀에게 조금 더 참아 보라고 달랬다. 허나 그녀는 자기 부모가 살고 있는 부산으로 훌쩍 내려가 버렸다.

그녀는 그곳에서 모든 걸 잊고 새출발하고자 했던 모양이었다. 그녀는 자기 언니와 동생이 같이 하고 있는 카페에서 일하면서 새로운 길을 찾으려 했던 모양이었다.

남자는 견디다 못해 부산으로 아내를 찾아갔다. 장인, 장모 앞에 꿇어 앉아 울먹이면서 아내를 다시 데려가게 해달라고 애걸했다. 선묘화 보살의 부친은 평생 배를 타고 다니던 마도로스였다. 그분은 소주 한 병을 그대로 들이켜고 난 뒤 남자의 뺨을 후려치며 호령했다.

"이 못난 놈아, 오죽 했으면 우리 애가 너를 떠났겠느냐? 가서 너대로 살아라!"

남자는 하염없이 눈물을 흘리면서 돌아서야 했다.

나는 그후 그들을 잊고 지냈다. 그러던 어느 날 불쑥 선묘화 보살이 나타났다.

"스님…… 저 왔어요. 이제 안 가겠어요."

나는 그녀에게 자초지종을 물었다. 그러고는 그녀를 다독거렸다. 아이를 가졌다며 환하게 웃는 그녀는 참으로 편안해 보였다.

"저 이제 진짜 도망가지 않겠어요, 스님."

그녀 옆에서 수줍은 듯 가만히 앉아 있던 남자가 내게 조그만 선물을 내놓으며 말했다.

"모든 게 스님 덕분입니다. 잘 살겠습니다."

그리고 그들은 산 아래로 내려갔다. 가난이, 찌든 삶이 더 이상 그들을 갈라놓지 않기를 나는 기원했다.

고계리 불자 부부

청량산 청량사 입구의 다리 못 미쳐 '고계리'란 마을이 있다. 고계리엔 열다섯쯤 되는 가구가 살고 있다. 고추 농사도 짓고, 감자도 심고, 배추와 무 농사도 짓는다.

그 마을엔 유난히 불심이 두터운 부부가 살고 있다. 그부부는 얼마나 신심이 두터운지, 설이면 설마다 추석이면

인간의 운명은 불가해하다. 선망을 받고 축복받던 삶이 하루아침에
물거품이 될 수도 있고, 뭇사람들로부터 손가락질을 받던
피폐한 삶이 영광의 자리에 오를 수도 있다.

추석마다 절로 온다. 딸 하나, 아들 하나를 둔 부부는 꼭 아이들을 데리고 와서 부처님께 절을 하고, 그칠 줄 모르게 기도한다.

부부는 청량산 입구에서 조그만 식당을 하면서 농사도 짓는다. 농사가 끝나면 곧바로 수확한 쌀과 고추, 배추, 무 등을 이고 지고 절로 온다. 모든 걸 부처님 전에 올리고 나서야 집으로 내려가 자기들 먹거리를 준비한다.

어느 해 초겨울이었던가, 그들 부부는 배추와 무, 고춧가루를 갖고 와서 우리 보살님들과 함께 이틀 동안 김장을 담그고 내려갔다.

봄에 청량사에서 보살계 법회를 열었던 적이 있다. 부부

는 같이 올라와 공양간에서 열심히 일하고 법회에 참석했다. 나는 보살에게 '보리심' 이란 법명을 주고, 보살의 남편에겐 '월강月江' 이란 법명을 주었다.

며칠 있으면 사월 초파일이다. 부부는 어김없이 청량산 자락을 오를 것이다. 올 초파일에는 이들에게 이런 글귀를 써줄 생각이다.

산중에 무엇이 있는가
산마루에 떠도는 구름
다만 스스로 즐길 뿐
그대들에게
보내줄 수는 없네.

보리심 보살과 월강 거사에게 부처님의 보살핌이 이어지기를. 그들의 아들과 딸에게도 청량산 청량사 약사여래불 부처님의 가피가 내내 이어지기를 기원한다.

나무관세음보살.

홍주洪舟 스님 1

지금이야 그야말로 큰 도로가 생겨 온갖 차들이 무시로 들락거리지만 삼십여 년 전쯤엔 그렇지가 않았다. 외포리 선착장에서 배를 타고 삼산도에서 내려 제법 큰 산등성이 하나를 넘어야 했다.

강화 보문사 얘기다.

동승童僧 티를 벗지 못했던 어린 시절, 나는 은사 스님의 손에 이끌려 만행萬行이랍시고 길을 떠나 전등사에 들렀다. 그때 전등사엔 태고종 소속인 대처승 한 사람만이 주지로 절을 지키고 있었다. 그는 대처승이란 선입견과는 달리 무척이나 친절했다. 어린 내게 절 여기저기를 안내하며 구경시켜 주었다.

그때 유명한, 서까래 밑에 낀 목수의 여자도 볼 수 있었다. 한 맺힌 목수에 의해 여자는 수백 년 동안을 비와 눈과 바람 속에서 모든 풍상을 견디며 오늘날까지 그렇게 끼여 있다.

"스님, 여기까지 오신 김에 보문사에 한 번 들렀다 가십시오. 참 좋습니다. 어부가 바다에서 그물로 건져 올렸다는 나한님들도 보시고……."

이삼 일을 묵고 길을 나서는 우리에게 그 스님은 지폐 몇 장을 손에 쥐어주며 그렇게 말했다.

그렇게 찾아가게 된 낙가산 보문사. 울창한 송림에 둘러싸인 절과 멀리 드넓게 펼쳐져 있는 바다를 내려다보면 탄성이 절로 터져 나왔다.

그 당시 보문사엔 7, 8명의 스님들이 기거하고 계셨다. 며칠을 묵으면서 한 스님과 친해졌는데, 그는 좀 특이했다.

"내 법명은 홍주야."

그는 그렇게 자기 소개를 하고 본사가 범어사라고 했다.

그는 밤낮 손에서 책을 놓지 않았다. 을유문화사에서 나온, 이른바 을유판 세계문학전집을 산더미처럼 쌓아놓고 읽어댔다. 그는 깨알 같은 활자의, 장강대하長江大河 같은 소설과 시의 물결 속을 헤엄치고 있었다.

그러다가 가끔은 대학 노트를 펼쳐놓고 뭔가를 열심히 끄적이기도 했다. 누가 옆에 다가가도 아는지 모르는지 미동도 하지 않았다. 마치 삼매에 빠진 선승처럼 오로지 '끄적이는' 데만 몰두해 있었다. 한번은 그 노트를 훔쳐보고 있자 그는 씨익 웃으며, "네놈이 본다고 뭘 알겠느냐?" 하면서 꿀밤을 한 대 쥐어박기도 했다.

책을 읽고 끄적이는 것이 그 스님의 구도였다. 그 스님만의 철저한 구도 방식이었다.

홍주 스님은 자기와 함께 보문사에서 한 철만 살자고 했다. 그러나 은사 스님이 허락하지 않았다.

떠나는 날, 그는 산문山門 밖까지 따라 나와 우리를 배웅해 주었다. 나의 먹물 그림자가 산모퉁이를 돌아 보이지 않을 때까지 그는 산문에 기대어 연신 손을 흔들었다.

홍주洪舟 스님 2

인간의 운명은 불가해하다. 선망을 받고 축복받던 삶이 하루아침에 물거품이 될 수도 있고, 뭇사람들로부터 손가락질을 받던 피폐한 삶이 영광의 자리에 오를 수도 있다.

천재 이상李箱, 그는 병든 몸을 추슬러 충분히 재기할 수 있었다. 무엇보다 그는 젊었다. 그리고 아름다운 아내도 있었다. 허나 그는 스스로 자멸自滅의 길을 택했다. 살아 있다는 것이 그에게 아무런 의미가 없어진 까닭일까. 하루를 살든 십 년을 살든, 그 자신에게 있어 의미가 없어진 삶은 이미 삶이 아니다.

또 다른 천재 이인성李仁星, 그는 실로 암울했던 일제 강점기와 광복 초기 서양화단에 신선한 바람을 불어넣던 천재 화가였다. 그런 그가 어느 날 밤, 비명에 갔다. 해방 직후, 좌익이다 우익이다 싸움이 벌어진 틈바구니 속이었다.

일찌감치 통금이 내려진 밤 아홉 시쯤, 술 취한 사내 하나가 비틀거리면서 언덕길을 오르고 있었다.

"누구냐?"

치안대원이 앞을 막아서며 물었다.

"나 말이오? 천하의 나를 모르오? 이 대한민국에서 제일가는 천재 화가 이인성을 모르오?"

치안대원은 어이가 없었지만 사내의 기세가 하도 등등하여 그를 보냈다. 그러나 기분이 나빠 초소로 돌아와서 동료에게 물었다.

"아아! 그자……. 환쟁이지, 뭐긴 뭐야."

화가 머리끝까지 난 치안대원은 이인성의 집 대문을 발로 걸어찼다.

"누, 누구요?"

이인성이 옷도 채 입기 전에 문을 나서려는 순간이었다.

"더러운 새끼!"

이 한마디와 함께 타앙, 총성이 적막을 찢었다.

해방된 조국에서 기쁨의 술에 취해 돌아오던 우리의 천재 화가 이인성은 그렇게 죽고 말았다.

이상과 이인성, 두 사람의 죽음을 이야기한 것은, 개개인의 삶은 보이지 않는 운명의 끈에 의해 이미 조율되어 있음을 무섭게 암시하고 있기 때문이다.

낙가산 보문사의 산문에서 홍주 스님과 작별한 지 몇 해나 되었을까.

믿기 어려운 흉흉한 소문이 들려왔다. 그가 한밤중에 밀물과 썰물이 교차하는 시각을 틈타 고무보트를 타고 휴전선을 넘다 아군에 의해 사살되었다는 것이다. 내가 알기로,

떠나는 날, 그는 산문 밖까지 따라 나와 우리를 배웅해 주었다.
나의 먹물 그림자가 산모퉁이를 돌아 보이지 않을 때까지
그는 산문에 기대어 연신 손을 흔들었다.

그는 분명 저쪽 사상을 가진 사람이 아니었다. 그런 그가 왜, 무엇 하러 휴전선을 넘어가려 했는가.

아무도 모른다. 아마 그 자신조차도 몰랐을 것이다. 어떤 미친 바람이 순간적으로 그를 휘몰았으리라. 그 자신이 내면에서 끓어오르는 광기를 다스리지 못하고 전전긍긍하다가 그 탈출구를 북행北行이라는 어이없는 행위로 귀결하지 않았을까.

그의 선한 눈매가 떠오른다.

그의 막힘 없는 웃음이 떠오른다.

홍주⋯⋯.

그는 많은 이들의 가슴을 아프게 했다. 불가佛家의 왜곡된 허무주의가 그를 지배했을까. 허나 이제 무슨 소용이 있겠는가.

조계사 앞 책방에서 우연히 그가 쓴《下山》이라는 책을 발견했다. 소설도 아니고 수필도 아닌 모호한 형태의 그 작은 책을 몇 장 펼치다가 나는 그만 덮어 버리고 쫓기듯 책방을 뛰쳐나왔다.

감은사感恩寺에서
— 혜강에게

혜강아.

스님이 지금 '감은사에서' 라고 적고 있지만, 정확히 말하면 감은사지, 감은사 절터라고 해야 한다. '감은感恩' 이란 '은혜를 갚는다' 는 뜻이 아니겠느냐. 누가 누구에게 은혜를 갚기 위해 여기 이 바닷가에 절을 세우고 불상을 모시고 탑을 조성했겠느냐.

그것은 모든 신라인들의 힘과 정신의 산물이다. 문무왕이 돌아가시면서 한 말씀이《삼국유사》에 전해져 온다.

'내 시신을 동해 바다에 안치해다오. 내 용이 되어 나라를 지킬 것이니 수천 수만의 백성을 동원하여 거대한 왕릉을 조성하지 말라. 그들의 피와 땀과 눈물이 서린 왕릉을 나는 갖고 싶지 않다. 동해 바다 한가운데 바위섬에 나를 고요히 안치하도록 하라. 내 호국용이 되어 나라를 보위하겠노라.'

모든 신라인들은 문무왕의 뜻에 따라 동해 바다 바위섬에 시신을 안치한 뒤 감은사를 세웠다. 왕의 지극한 뜻을 기리고 추모하기 위함이었다.

혜강아.

지금 나는 여기 서 있다. 여기 철썩거리는 바닷가에서 문무왕이 잠들어 있는 대왕암을 바라보며 옛 신라와 신라인들의 마음 씀씀이를 애써 떠올려 보려 한다.

폐허의 절터 감은사, 여기엔 지금 두 개의 탑이 천 년 세월을 이겨내며 버티고 서 있다. 꿋꿋하고 강건하다. 두 탑은 조금씩 마모되고 훼손되었음에도 불구하고, 그 기백은 오늘도 생생하다. 대지를 기반으로 하여 굳건하게 자리하며, 하늘을 향해 올곧게 솟아 있다.

탑은 본래 부처님께서 열반하신 후 아란과 가섭 등 여러

새벽 도량성 목탁 소리가 삼천초목 삼라만상을 흔들어 깨운다.
모든 사물은 잠 덜 깬 눈두덩을 비비며 기지개를 켠다.

제자들이 부처님의 모발과 치아와 뼛조각과 사리 등속을 모아 두었다가 부처님 생전 경배하듯 민중들의 또 하나의 의지처로 삼기 위하여 조성하기 시작했다.

혜강아.

부처님의 모습, 불상은 오랫동안 형성되지 않았었다. 누가 부처님의 상을 조성하지 못하도록 한 것은 아니었다. 그 당시 인도는 조각술이 뛰어났다고 한다. 코끼리, 사자 등의 짐승들을 조각하여 그들의 왕릉에 안치하기도 했다.

그런데 왜 부처님의 모습을 형성하지 않았을까. 그것은 민중들의 크나큰 신앙심 때문이었다. 부처님을 매우 신성시하여 인간적으로 형상화함을 주저했던 것이다.

부처님께서 열반하신 후 오백여 년, 서력 기원전후에야 인도 서북부 지역(간다라)에서 불상은 조성되기 시작했다. 간다라 지방은 알렉산더 대왕의 인도 침공 이래 희랍 버마와의 교류가 왕성했다. 그들이 그들의 신이나 왕의 모습을 동전에 새겨 넣은 것을 보고, 절대자의 형상을 조각한다는 것이 그다지 나쁜 일이 아님을 인식하기에 이른 결과이다. 이리하여 수백 년 간의 금기를 깨고 불상을 조각하기 시작했다.

혜강아.

놀라지 말아라. 오래 전 동국대학교 황수영 박사팀이 감은사 터를 발굴했을 때 금당 밑으로 해서 바다로 이르는 굴을 발견했었다. 용이 된 문무왕이 감은사와 대왕암을 오갈 수 있게끔 통로를 마련해 둔 것이다. 이 어찌 천수백 년 전, 신라인들의 깊은 지혜와 믿음, 이승과 저승을 하나로 묶는 참 정신의 산물이 아니라 하겠느냐.

불국사 석가탑과 그 모양새가 비슷하고, 또한 정제된 아름다움이 동일해 보인다고 혹자는 얘기하지만, 더 크고 힘세 보이는 감은사 절터의 두 탑은 오늘도 동해 바다 철썩거리는 파도 소리를 들으며 거기 그대로 서 있다.

혜강아.

봄밤이 깊어간다. 네게 오랜만에 편지를 쓰는구나.

종단사에 대한 제반 문제는 초파일이 지난 후 만나서 다시 상의하도록 하자. 내내 부처님의 가호가 함께 하기를 빌며 오늘은 이만 접는다.

그럼…….

다시 새벽을 열며

도량청정무하예 道場淸淨無瑕穢
삼보천룡강차지 三寶天龍降此地
아금지송묘진언 我今持誦妙眞言
원사자비밀가호 願賜慈悲密加護

온 도량이 깨끗하여 더러운 것 전혀 없고
삼보님과 천룡님네 이 도량에 오시도다
제가 이제 묘한 진언 지니옵고 외우오니

자비감로 베푸시어 저희 무리 살피소서

새벽 도량석 목탁 소리가 삼천초목 삼라만상을 흔들어 깨운다. 모든 사물은 잠 덜 깬 눈두덩을 비비며 기지개를 켠다. 목탁 소리는 절 경내 구석구석을 빠짐 없이 휘돌아 비질하듯 온 도량을 청량하게 만든다. 목탁 소리는 유리보전, 선불장 앞마당을 지나 심금당 앞을 거쳐 심우실 좌우를 두드리고 지나간다. 밤새 적막에 묻혀 있던 산중이 바야흐로 일제히 깨어난다. 산사의 하루가 시작되는 것이다.

찬물에 세수하고 가사장삼 수하고, 스님들은 법당으로 모여든다.

계향戒香 정향定香 혜향慧香 해탈향解脫香 해탈지견향解脫知見香…….

향연이 일렁이며 고요히 허공으로 피어 오르는 것처럼, 폐부 저 깊숙한 곳에서 우러나오는 염불 소리는 가라앉았다가 다시 솟구쳐 오르며 어느덧 큰 화엄이 되어 법당 안을 가득 채운다.

예불이 끝나면 좌선이다. 모든 망념을 끊고 스님들은 법의 바다 위를 유영遊泳한다. 거센 파도가 일고, 심해深海처럼 아득해진다.

"오늘은 대중 스님들이 각자 맡으신 소임에 따라 초파일 행사에 대해 말씀해 주십시오. 빠진 점, 부족한 점에 대해 지적하시고 서로 보완해 나가시길 바랍니다."

아침 공양이 끝난 후 주지 스님께서 짤막한 회의를 주재하신다. 그러고 보니 사월 초파일 부처님 오신 날이 성큼 다가오고 있다.

"이번 행사엔 학생회와 신도회 중심으로 찬불가를 많이 사용했으면 합니다."

한 스님이 이렇게 제의를 하자, 여러 대중 스님들이 머리를 끄덕이며 호응한다. 산중회의는 만장일치제다. 한 사람이라도 이의를 제기하면, 그 안건은 다시 검토해야 하는 것이 불문율이다.

꽃보라 휘날리는 룸비니 동산
한줄기 찬란한 빛이 우주를 덮고
거룩한 싯달태자 탄생하실 때

유아독존 큰 소리 누리 퍼지네.

"〈부처님 오신 날〉이란 찬불가인데 참 좋지 않습니까, 스님네들?"

찬불가를 많이 사용하자고 한 스님이 이렇게 예를 들어가며 재삼 강조하자 여러 대중 스님들은 한 목소리로 찬성했다. 물론 만장일치다.

산사의 하루는 이렇게 시작되고, 조용하지만 바쁜 일상은 이어진다. 아침 공양과 산중회의를 끝내고 나오는 스님들을 향해 뜨락의 목련이 진한 향기를 흩뿌린다.

시인을 기리며

— 부여와 신동엽

오래 전 논산 은진미륵 관촉사에 머물던 시절, 부여를 몇 번 찾은 적이 있었다. 백제 고도 부여. 의자왕과 삼천 궁녀의 슬픈 전설이 배어 있는 낙화암과 고란사. 이 모두를 감싸 안고 있는 부소산 부소산성. 그 아래로 백마강은 유유히 흐르고 있었다.

부여는 작은 읍이다. 아담하고 조용한, 사람들의 내왕도 별로 없는 전형적인 시골이다. 부소산도 낙화암도 고란사도 우람하지 않고 조용하다. 이 조용함이 나그네를 더욱 슬프게 한다. 오백 년 사직이 하루아침에 연기처럼 이슬처럼 사라져 버린 고도 부여.

부여는 왜 이처럼 엎드려 가라앉아 있고, 갓 시집 온 새악시의 버선발 걸음마냥 조심스러운가. 먼 저쪽 삼국시대, 당唐이란 외세 앞에 힘없이 주저앉아 버린, 억지로 무릎 꿇린 비극이 있었기에 그러한가. 그 슬픈 역사의 내력을 가슴 밑바닥에 간직한 채 백마강 물줄기를 타고 바다 건너 일본으로 망명의 길을 떠나던 백제 유민들의 피맺힌 눈물이 아직 마르지 않고 있기에 그러한가.

부소산에 올라 부여 읍내를 내려다보고 있을라치면 이 땅이 참으로 기름지고 넓구나 하는 생각이 절로 든다. 억세지 않고, 완만하면서도 순한 곡선을 그리며 누워 있는 외곽의 산들. 그 안쪽으로 너른 들이 어머니의 젖가슴처럼 부드럽고 기름지게 펼쳐져 있다.

이러한 땅에서 어찌 시인 한 사람 태어나지 않겠는가. 영욕榮辱과 고뇌의 땅, 망명과 절규의 땅에서 어찌 출중한 시인 한 사람 태어나지 않겠는가. 그 시인으로 하여금 포효하듯 노래 부르게 하지 않겠는가. 천 년 뒤에도 사라지

지 않고 메아리칠, 부드러운 흙내음 같은 노래를 부르게
하지 않겠는가.

껍데기는 가라.
4월도 알맹이만 남고
껍데기는 가라.

껍데기는 가라.
동학년東學年 곰나루의, 그 아우성만 살고
껍데기는 가라.

그리하여, 다시
껍데기는 가라.
이곳에선, 두 가슴과 그곳까지 내논
아사달 아사녀가
중립의 초례청 앞에 서서
부끄럼 빛내며
맞절할지니

그리운 그의 얼굴 다시 찾을 수 없어도 화사한 그의 꽃 산에 언덕에 피어날지어니.
그리운 그의 모습 다시 찾을 수 없어도 울고 간 그의 영혼 들에 언덕에 피어날지어이.

껍데기는 가라.

한라에서 백두까지

향그러운 흙가슴만 남고

그, 모오든 쇠붙이는 가라.

_〈껍데기는 가라〉全文

　　신동엽은 사십 세 젊은 나이에 간암으로 이승을 떠났다.
그가 죽은 이듬해인 1970년 4월 18일, 여러 지인知人들의
동참으로 시비詩碑를 제막除幕했다. 이 시비는 원래 부여
읍내가 내려다보이는 부소산 기슭에 세울 예정이었으나,
시인의 가까운 친족이 북쪽 사상에 물들어 이른바 부역했
다 하여 거부당했다. 그리하여 부여읍 동남리 백제교 옆,
소나무 서른여 그루쯤 바람에 일렁이는 지금의 자리에 쓸
쓸히 서 있다.

　　시비엔 그의 절창, 〈山에 언덕에〉가 새겨져 있다.

　　그리운 그의 얼굴 다시 찾을 수 없어도

　　화사한 그의 꽃

산에 언덕에 피어날지어이.

그리운 그의 노래 다시 들을 수 없어도
맑은 그 숨결
들에 숲 속에 살아갈지어이.

쓸쓸한 마음으로 들길 더듬는 행인아.

눈길 비었거든 바람 담을지네
바람 비었거든 인정 담을지네.

그리운 그의 모습 다시 찾을 수 없어도
울고 간 그의 영혼
들에 언덕에 피어날지어이.

돈 세상

돈은 사람이 이 세상을 살아가는 데 없어서는 안 될 물건이다. 인체에 비견하면 혈액과 같은 존재다. 혈액이 없으면 어찌 생명을 부지할 수 있겠는가. 그처럼 소중한 것이다.

돈을 벌기 위해 사람들은 자신의 모든 생을 바친다고 해도 과언이 아니다. 샐러리맨들은 눈을 뜨자마자 서둘러 일터로 나가고 밤이 늦어서야 피곤한 몸으로 귀가한다.

장사하는 상인들 역시 밤낮을 가리지 않는다. 서울 남대문 시장과 동대문 시장은 새벽이 절정이다. 버스를 대절해 올라온 지방 상인들은 허리에 전대를 찬 채 필요한 물건을 몇 보따리씩 구입하느라 정신이 없다. 생존 경쟁의 현장이다. 그들은 싸고 좋은 물건을 구입하기 위해 정신없이 뛰어다닌다. 그리고 이렇게 구입한 물건들은 이문을 남기고 되팔아 생계를 꾸려 나간다.

속칭 '노가다'라고 불리는 막일꾼들은 그날그날 일당을 받아 생활한다. 그나마 요즘 같은 불경기에는 일거리가 없어 노는 사람이 많다고 한다. 막일꾼들은 새벽 인력 시장에 나가 모닥불을 피워 놓고 자신이 팔려 나가기를 기다린다. 그러나 일거리를 얻는 사람은 몇 명뿐이고, 대부분은 집으로 발길을 돌린다. 가혹한 현실이다.

돈을 둘러싼 국가간의 경쟁도 치열하다. '경제 전쟁'이라 불릴 만큼 세계의 경제대국들은 머리를 싸매고, 이 총칼 없는 전쟁에 국력을 총동원한다. 한국은 중국에 컴퓨터와 자동차 그리고 휴대폰을 팔기 위해 농수산물을 수입, 개방했다. 농수산물을 개방하다 보니 농민들과 어민들은 울상이다. 경제 전쟁의 허상과 실상이다.

아침에 눈을 뜨면 텔레비전에서는 뉴욕과 일본, 유럽의

증권 시장을 보도한다. 그리고 한국의 시장과 비교하며 그 흐름을 분석하기에 바쁘다. 은행 돈을 마구 빌려 쓰며 떵떵 거리던 대기업들이 줄줄이 망하고, 그 사주들은 구속되거 나 해외로 도피했다. 자기 자본을 몇 배 혹은 수십 배나 초 과해서 이자조차 갚지 못할 형편에 이른 결과다.

이 와중에서 가장 곤경에 처한 것은 그런 기업에 종사했 던 근로자들이다. 하루아침에 거리로 내몰린 이들은, 그들 의 가족들은 어떻게 살란 말인가. 기업은 망해도 기업주는 사는 것이 한국의 현실이다. 기업주는 교묘하게 돈을 은닉 한다. 한국도 모자라 해외에 막대한 자금을 은닉해놓고 망 할 날을 대비해 온 자들이 부도덕한 기업주들이다. 워낙 교 묘해서 잘 찾아내지도 못한다.

기업주뿐만 아니다. 전직 대통령인 전두환, 노태우 씨는 일조 원 가량의 돈을 빼돌려 은닉했지만 아직 대부분 환수 하지 못하고 있다. 환수를 못하는지, 안 하는지는 모를 일 이지만.

얼마 전 텔레비전을 보니 현직 대통령이 이들을 청와대 로 불러 국정을 논의한답시고 가가대소呵呵大笑하며 밥을 먹고 있었다. 이 장면을 보는 국민들은 과연 어떤 심정이겠는가. 국민들의 심정을 과연 그들은 조금이라도 알고 있을까? 짐작컨대 모를 것이다. 알고 있다면 그처럼 태연하게, 태평하게 웃고 떠들며 먹고 마시지 못할 것이다.

비리는 날로 거세어진다. 작년에 전북지사 유종근이 사억 원을, 인천시장 최기선이 삼억 원을 받아먹은 혐의로 구속됐다. 이뿐 아니라 차관급 이상만 십여 명, 전·현직 국회의원 십여 명, 변호사 등 소위 지도층급 비리 인물만 해도 셀 수 없다. 그야말로 부패 공화국이다.

옛말에 '개처럼 벌어 정승처럼 쓴다.'는 말이 있다. 하지만 이 말은 이제 무색해졌다. 개처럼 벌어서 개처럼 쓴다……. 개처럼 벌어서 개만도 못하게 쓴다……. 안타까운 현실이 아닐 수 없다.

개들이 웃을 일이다. 개를 일러 견공犬公이라 한다. 견공은 결코 신의를 저버리지 않는다. 견공들은 지금 몹시 화가 나 있다. 인간들은 왜 걸핏하면 아무 죄 없는 우리 개들을 빗대어 말하는가.

그저께 견공들의 대표 신문 '멍멍일보'에는 이 같은 분노와 불만이 섞인 논설이 실렸다.

'인간들이여, 각성하라.'

자연을 위한 기도

알래스카의 빙산이 녹아 내리고 있다. 대기 오염으로 인한 오존층의 파괴와 그에 따른 이상 난동 때문이다. 빙산이 자꾸 녹아 내리면 지구 환경은 걷잡을 수 없이 변화하게 된다. 알래스카 근해는 벌써부터 수온의 이상화가 진행되어 어족이 엄청나게 줄어들었다고 하니 실로 걱정이 아닐 수 없다.

우리가 상식적으로 알고 있는 알래스카는 만년설로 뒤덮인 백색白色의 세계다. 한반도의 일곱 배가 넘는 이 거대한 백색의 대지가 그러나 지금 변하고 있다.

얼마 전 그곳에 다녀온 한 대학생은 자신의 눈으로 본 알래스카는 이미 우리가 상식적으로 알고 있던 그 알래스카가 아니라고 했다. 백색이 모두 없어진 건 아니지만, 그가 본 알래스카는 거의가 녹색이었다고 한다. 우리의 상상을 뒤엎는 충격적인 현상이다. 이런 현상이 지속되면 지구는 머지않아 아수라장이 될 것이다. 멸망의 길로 접어드는 것이다.

이 모두가 인간의 탐욕이 빚어낸 결과다. 절제를 모르고 개발이라는 미명 아래 산림을 마구 베어내고, 자연 경관을 훼손하고, 댐을 막아 흐르는 물길을 바꾸어 놓은 탓이다. 이렇게 되면 동물과 식물은 살아갈 터전을 잃어 버리게 된다.

이 지구상엔 인간만 살아가는 것이 아니지 않는가. 동물과 식물이 함께 공존하며 살아야 인간도 숨을 쉬고 살아갈 수 있다. 동물과 식물들이 모두 사라지고 이 지구상에 인간만 존재한다고 상상해 보라. 이 얼마나 끔찍하고 공포스러운 일인가.

껍데기는 가라. 한라에서 백두까지
향그러운 흙가슴만 남고 그, 모오든 쇠붙이는 가라.

모든 면에서 환경 친화적인 삶을 추구해 나가야만 이 지구도 버텨낼 수 있다. 개인도 그리고 각국의 정부도 눈앞의 이익만을 위해 더 이상의 파괴를 일삼지 말아야 한다. 그래야만 모두가 살 수 있다.

이제 한국의 현실을 살펴보도록 하자.

한국의 현실은 한마디로 가관이다. 정책입안자란 사람들이 어떻게 생겨먹었는지 그들의 얼굴을 한번 보고 싶을 지경이다. 그들은 자기 앞 일 미터, 십 미터만 볼 줄 알고 먼 미래를 볼 줄 모르는 사람들 같다.

큰 사업을 계획하고 실행하려면 오랜 기간의 연구 검토와 각계각층의 의견 수렴이 전제되어야 마땅하다. 그럼에도 그렇지 못한 것이 한국의 현실이다. 몇몇 관료와 몇몇 정치인, 몇몇 학자들만이 둘러앉아 '좋습니다, 아주 좋아요!' 하는 식으로 일사천리로 끝내 버린다. 그렇게도 비난받아 온 '탁상행정'이 아니던가. 그로 인한 피해는 우리 국민 모두, 다음 세대, 그 다음 세대까지 이어지게 된다. 이 얼마나 황당무계하고 가증스런 일인가.

최근 들어 온 국민의 반대 정서에 불을 지른 '새만금

사업'이 그 대표적인 예다. 당국에선 이 사업을 지금 중단하면 막대한 손해를 본다고 하지만, 전문가들에 따르면 그렇지 않다고 한다. 지금 중단하면 오히려 그 몇 배, 몇 십 배의 이익이 돌아온다고 적정한 수치를 내어 반박하고 있다.

'산중 불교'라고 꼬집혀 오던 불교계도 들고 일어섰다. 수경 스님과 문규현 신부 등은 삼보일배三步一拜라는 가히 초인적인 결사를 맺고, 전북 부안 해창 갯벌에서 시작하여 서울까지 장장 57일 동안 뙤약볕 속의 고행을 결행했다.

막바지에 수경 스님은 탈진하여 입원까지 했지만 의사의 만류를 뿌리치고 뛰쳐나와 서울 입성을 완료했다. 온 국민이 하나되어 이들에게 뜨거운 성원과 격려를 보냈다. 그럼에도, 어찌된 일인지 당국에선 아직까지 이렇다 할 기미를 보이지 않고 있다. 안타깝고 또 안타까울 뿐이다.

불교계는 또한 북한산 국립공원 터널 공사 중단을 위해 저지 운동에 나섰다. 조계사 앞 천막에서 각 교구본사들이 릴레이식으로 40여 일째 단식 농성중이다. 비구니 지율 스님은 부산 시청 앞에서 '천성산 관통 노선 철폐'를 위해 하루 삼천 배씩 죽비를 치며 무기한으로 절을 하고 있다.

이러다 좋은 스님 하나 잃게 될까 걱정스럽다. 무지한 정치인들과 관료들은 대오 각성하여 국민과 불교계의 충정어린 목소리에 귀를 기울여야 한다.

꼭 터널을 뚫어 그 좋은 산을 망가뜨려야만 하는가. 그리하여 산의 정기를 죽여야만 하는가. 그래야만 직성이 풀리겠는가.

돈과 시간이 좀더 들더라도 돌아가야 한다. 국가와 민족의 장래를 생각해서 일도양단一刀兩斷으로, 쾌도난마快刀亂麻로 정책을 변경하여 국민들의 근심과 우려를 종식시켜야 한다. 그 길만이 모두가 살길이다.

나무관세음보살.

적막한 어느 밤

이호연의 노래를 듣고 있을라치면 기분이 참 좋아진다. 그녀의 화려한 미모와 풍부한 음색에서 터져 나오는 황홀함. 그녀가 짧은 서도소리 단가를 한 소절 부를 때의 아름다움. 그것은 속세에 사는 사람들의 가슴을 녹여주고, 고된 삶의 한을 삭힌다. 그녀의 단가 한 소절은 듣는 이로 하여금 저먼 옛날 우리나라의 산천을 헤매이게 하거나 고달픈 심금을 울리는 힘이 있다.

아리랑 아리랑 아라리요

아리랑 고개를 넘어간다

청천하늘엔 잔별도 많고

우리네 가슴엔 수심도 많소

아리랑 아리랑 아라리요

아리랑 고개를 넘어간다.

적막한 어느 밤 이호연의 음반을 들으며 가만히 앉아 있으면, 지나온 삶의 만감萬感이 교차한다. 안동포를 짜는 예순여섯 할머니의 구슬픈 밤 노래가 그녀의 가슴속에서부터 목울대를 타고 터져 나오는 듯하다.

우리는 모차르트도 모르고, 차이코프스키도 몰랐다. 서양 음악은 아무것도 몰랐다. 어린날 먼 들녘에서 퍼져 울려오는 민요 한 가락, 그저 그것을 알게 모르게 삶의 한 양식으로 삼아 살아왔을 뿐이다.

에헤요 에헤요 에헤요, 에헤헤 에헤헤 에헤헤 에헤이요……

그 익숙한 가락과 함께 보리밥과 된장국을 끓이는 어머

니의 구수한 내음이 되살아난다.

아리랑 아리랑 아라리요
아리랑 고개로 넘어간다
나를 버리고 가시는 님은
십 리도 못 가서 발병 난다
아리랑 아리랑 아라리요
아리랑 고개로 넘어간다.

일제 시대 우리의 첫 영화감독 나운규는 그의 처음이자 마지막 작품인 영화 〈아리랑〉을 만들었다. 그의 영화는 일제의 압력으로 인해 상영 중지를 당했고, 그는 온 천지를 헤매다 술과 여자 그리고 일제에 대한 강한 분노를 삭이지 못해 일찍 숨을 거두었다. 그는 진정한 예술가였다. 그리고 조국을 사랑하는 애국자였다. 독립을 향한 그의 굳은 마음이 영화 〈아리랑〉에 담겨 있었다.

허나 지금 내가 이야기하고자 하는 건 춘사 나운규 선생이 아니다. 나는 지금 우리 시대의 가장 뛰어난 소리꾼 이호연을 만나러 가는 것이다.

소리꾼 이호연, 그녀는 어디 살고 있을까. 아담한 한옥 기와집이 아닐까. 거기 안방에서 가얏고를 껴안고 앉아 있지 않을까.

도반 몇 명과 그녀의 집을 찾았다. 우리가 갔을 때 그녀는 싱크대에서 설거지를 하고 있었다. 스물세 평 남짓한 아파트에서 그녀는 아무런 표정 없이, 그러나 따뜻한 미소로 우리를 맞았다.

"어릴 때부터 창을 했지요. 후회하지 않아요. 저는 노래를 부르면 행복해요."

그녀의 집을 떠나오면서 만감이 교차했다.

인간의 삶, 그리고 예술이란……

여름

매미 소리

여름 숲

산속에 살지 않는 사람들은 아마 모를 것이다. 자고 일어나면 달리하는 청산靑山 숲 색깔의 변화와 그 속에서 이루어지는 일들을……

진달래, 철쭉이 지며 봄이 가고 여름이 차츰 다가오는 무렵의 산색山色은 가벼운 연초록이다. 그러다 조금씩 더위를 느낄라치면 짙은 초록으로 그 색을 달리하고, 한여름엔 검푸르기까지 하다. 폭염이 내리쬐는 검푸른 여름 숲은 참으로 건강하다. 건강한 그네들만의 소중한 꿈을 잉태한 듯

금방이라도 무언가를 토해낼 것만 같다.

여름 숲은 시시때때로 색깔을 달리하며 무성해진다. 머루, 다래, 산딸기들이 그 무성한 숲 속에서 익어간다. 그런가 하면 산토끼, 노루, 오소리, 멧돼지, 담비란 놈들은 숲속의 한 식구를 자처하듯 여름 숲을 쉴새없이 노닌다.

봉화의 청량산 자락은 겨울이면 유난히 황량하다. 잎이 다 져버린 나무 사이로 바람은 쉴새없이 포효하며 넘나들고, 내리는 눈의 무게를 이기지 못해 부러지는 나뭇가지의 울음소리가 밤새 계곡을 울린다. 이런 밤엔 좀처럼 잠을 이룰 수가 없다. 차 한 잔 끓여 앞에 두고 그 모든 소리에 귀를 모두며 하얗게 밤을 밝힐 뿐이다.

하지만 여름 숲을 보고 있노라면 지난 겨울의 황량함은 어디에서도 찾을 수가 없다. 오고가는 계절의 묘妙. 생성과 소멸, 탄생과 죽음, 모든 것은 윤회한다.

얼마 전에 오래 알고 지내던 이가 암으로 이승을 떠났다. 그이는 참으로 살고 싶어했다. 어느 누가 죽기를 원하랴만, 생에 대한 그이의 집착은 각별했다. 견디기 힘든 고통 속에서도 그이는 실낱 같은 한 가닥 희망을 잃지 않았다.

그런 그이가 갔다.

굴참나무 울울한 여름 숲 속을 거닐며, 나는 불행한 그이의 죽음을 슬퍼한다.

행복한 자, 지금 '행복하다'고 자위하지 말라. 그 주어진 행복과 안위를 안으로 다독거리며, 저 많고 많은 불행한 이웃들의 삶을 한번쯤 돌아보라. 이것이 여름 숲의 건강함이 주는 교훈일 게다.

올해는 유난히도 가물다. 마실 물도 없다고 아우성이다. 단비가 내려 이 메마른 대지를 적시기는 했지만…….

숲 속의 밤은 고요하고 소담스럽다. 이따금 부는 바람이 잘 자라 나뭇가지를 어루만질 뿐, 숲은 지금 그들대로의 무량한 꿈을 꾸고 있다.

나의 농업

산에서 혼자 산다는 것은 어찌 보면 힘들고 고단한 일이다. 먹거리와 빨래 같은 일상 잡사를 혼자 해결해야 하고, 뼛속 깊이 스며드는 적막을 그때그때 녹여내야 하기 때문이다.

하지만 누구의 간섭도 받지 않으니 제멋대로 앉아 있거나 누워 있어도 된다. 그러나 그리 되면 게을러져서 먹고 잠만 자는 식충이가 되기 마련이다. 그러므로 혼자 살수록 더욱 부지런해져야 한다. 늦게 자고 일찍 일어나라. 일을 찾아 쉴새없이 움직여라. 몸이 바쁘면 쓸데없는 번뇌와 망상,

나태의 구렁에 빠질 여유가 없다.

나의 농업은 재배하는 작물의 가짓수로 따진다면 가히 대농이라 할 만하다. 그것을 품목별로 한번 열거해 보자.

토마토, 오이, 감자, 검정콩, 고구마, 호박, 고추, 옥수수, 상추, 포도, 딸기……. 그리고 여러 과실수를 들 수 있다. 감나무, 고욤나무, 자두나무, 앵두나무, 대추나무…….

이런 작물들을 가꾸려면 많은 노력이 필요하다. 우선 농사 전 해에 퇴비를 잔뜩 준비해야 함은 물론이고, 자주 김을 매고 과실수의 필요 없는 잔가지들을 잘라 주어야 한다. 농작물은 주인의 발자국 소리에 큰다고 하지 않던가.

이렇게 가꾼 농작물들은 혼자 사는 이가 다 먹기에는 그양이 많다. 가끔 읍내에 나갈 일이 생기면 풋고추, 토마토 등을 배낭에 가득히 넣어 짊어지고 가서 지인들에게 골고루 나누어 준다. 그이들은 농약을 전혀 치지 않은 나의 농작물을 아주 반긴다. 이 또한 즐거움이다.

위에서 대충 늘어놓은 것을 보고 나의 농업이 굉장히 넓은 땅에서 이루어진다고 생각할지 모르겠다. 허나 그렇지 않다. 삼백 평 남짓한 땅에서 나의 농업은 조용히 그리고 조금씩 이루어진다.

올해는 무척이나 가물어서 심어놓은 고구마 싹이 거의 말라죽기 직전에 이르렀다. 상추도 그렇고, 검정콩은 아예 싹도 나지 않았다. 어쩌랴, 샘에서 물을 길어 그 생명들의 목을 축여 줄 수밖에. 가까스로 고구마를 살리고, 검정콩은 씨를 한 번 더 넣었다.

마루에 앉아 상추쌈과 냉수로 점심을 먹으며, 찌는 듯한 더위 속에서도 그나마 잘 자라난 작물들을 내려다본다.

일하고 땀흘리고…….

나의 농업은 오늘 내일 할 것 없이 앞으로도 쉬임 없이 계속될 것이다.

돌 집

법일 스님과 법천 스님, 두 양반이 강원도 정선의 동면 약수탕 부근에 작은 돌집을 지어 살고 있다고 소식을 전해왔다.

칠월 보름, 여름 안거가 끝나자마자 정선 동면 약수탕으로 향했다. 두 양반은 시체말로 궁합이 잘 맞아, 오랫동안 같은 절에서 아무 다툼 없이 잘 지내온 사이였다. 그런 두 사람이 힘을 합쳐 돌과 시멘트를 쌓아 집을 지었다니, 무엇보다 그 집이 보고 싶어 갔던 것이다. 그리고 무얼 먹고 어떻게 살고 있는지도 궁금하였다.

오랫동안 이곳저곳을 떠돌아다니다 보니 심신이 피곤하기도 하고, 오다가다 걸망이라도 좀 벗어놓고 쉴 곳을 마련하자는 데 두 사람은 의기가 투합하여, 만사 제쳐두고 돌집을 지었노라고 내게 부쳐온 엽서에 적고 있었다.

나는 우선 약수탕에서 목을 축이고 십여 분쯤 산길을 따라 그들의 처소로 올라갔다. 칠월 중순, 따가운 땡볕 속을 걷고 걸어 당도했을 때, 그들은 밀짚 모자를 눌러쓰고 마당에서 일을 하고 있었다. 아직 채 정리가 되지 않은 집 주변을 치우고 있었던 것이다.

두 사람은 함박웃음을 머금고 반갑게 나를 맞았다. 개울에서 등물을 하고, 그들과 마주 앉았다. 마루를 가운데로 하고 양옆으로 방이 두 칸, 부엌은 뒤쪽으로 가추를 달아내어 마련해놓고 있었다. 그들이 엽서에 적었듯이, 집은 마치 토치카 같았다.

"벽을 이래 두텁게 해놓아야 여름엔 시원하고 겨울엔 따뜻하지."

법일 스님은 집을 휘휘 둘러보며 무척이나 뿌듯해했다. 먹거리 문제를 꺼내자, 그들은 스스로 해결한다고 했다. 그리고 약수탕 옆에 사는 보살 한 분이 김치며 찬거리를 가끔씩 올려 보낸다고 했다.

잡목들이 우거져 있는 집 주변은 온통 돌너덜이었다.

"돌이 원체 많아 토치카 쌓을 때 힘이 덜 들었겠구먼."

내가 농담조로 말을 하자 그들은 너털웃음을 치며 말했다.

"저 돌들이 조금은 도와준 셈이지, 그렇고 말고. 좀 쉬었다가 내년쯤엔 조그만 법당도 마련할 작정이네."

잡목 우거진 산기슭 저쪽으로 흰 구름 몇 조각이 한가롭게 떠 가고 있었다. 검붉게 그을린 그들의 얼굴, 선한 눈망울이 일순 찡하게 가슴을 때렸다.

그날 밤, 돌집 마루에 앉아 밤이 깊도록 이야기를 나누었다. 초롱초롱한 여름 밤의 별빛이 우리들 머리 위로 쏟아져 내릴 듯 반짝이고 있었다.

그 어떤 인연의 힘이 그들로 하여금 산 설고 물 설은 외진 변방의 산자락에 집을 짓게 했을까. 힘들게 지은 이 돌집에 그들은 앞으로 얼마나 머물며 그들의 삶을 영위해 나갈까. 별이 초롱초롱한 한여름 밤에 그들과 마주 앉아 문득 부질없는 생각에 잠시 빠져들었다.

이튿날 나는 그들과, 그 돌집과 하직했다.

그후 이십여 년, 그들과 두어 차례 연락이 오고 갔지만 이내 끊어지고 말았다. 지금쯤 그 돌집은 어떻게 되었을까. 두 사람 중 어느 한 사람이라도 그곳에 정을 붙이며 살고 있을까. 아니면 다른 어느 스님이 새로이 와서 살고 있을까. 그것도 아니라면, 아주 폐가가 되어 비어 있는 것은 아닐까······.

돌집을 지어놓고 좋아하던 두 스님의 모습이 떠오른다.

그 척박한 산기슭의 조그만 돌집.

월래月來 관음사

부산에서 기차를 타고 기장 못 미쳐 조그마한 월래月來 간이역에 내린다. 십여 분쯤 해송이 우거진 오솔길을 걸어 내려가면 탁 트인 바다와 만나게 되는데, 그 바닷가에 관음사觀音寺가 있다.

평생을 통도사에서 보낸 향곡 큰스님께서 만년에 수행하신 곳으로, 스님은 바다가 좋아 이곳에 새로이 절을 세우시고 면벽 좌선하며 수시로 해변을 거니셨다 한다.

달이 뜬다.

달이 온다.

달이 둥실 뜬 밤, 바닷가를 홀로 거니는 노승의 그림자를 상상해 보라. 바다 위로 둥실 떠오른 달을 올려다보며 향곡 큰스님은 무엇을 생각하고 계셨을까. 화두話頭는 아닐 것이다. 이미 견성見性의 경지에 오른 스님은 무념무상으로 달과 동화되어 그저 고요히 거닐고 계셨으리라.

중천에 높이 뜬 둥근 달은 스님을 향해 은은한 미소를 보냈으리라. 스님 또한 미소로 화답했으리라.

힘차게 철썩거리며, 밀려갔다 밀려오는 파도 소리. 파도는 일정한 법칙을 정해놓고 시간과 공간을 뛰어넘어 철썩거린다. 그것은 해율海律이다.

관음사는 법당만 빼놓고 보면 조선시대 사대부 집의 골격과 유사하다. 행랑채가 있고 그 가운데에 큰 대문이 있다. 나지막한 야산 아래, 남쪽 바다를 향해 자리한 관음사는 그러나 사찰 본래의 규범을 지키려 애쓰며 세워졌다는 느낌을 받는다. 고찰은 아니지만 고찰의 맛을 내기 위해 애썼다는 말이다.

한여름이었는데, 이십여 명의 스님들이 호미를 들고 밭

을 매고 있었다. 일일부작一日不作 일일불식一日不食이라
는 백장청규는 아니더라도, 향곡 큰스님의 문하 스님들은
묵묵히 그들의 길을 걷고 있었다.

찌는 듯한 무더위였다. 공양간에서 냉수를 한 잔 얻어 마
시고 큰스님이 평소 혼자 기거하셨다는 절 바로 위의 토굴
을 찾았다. 토굴은 초가삼간이 아니라 '초가두간'이었다.
두 평 남짓한 방과 조그만 부엌이 정갈했다.

마당 한켠에 샘이 있었다. 샘이라고 부르기엔 좀 무엇한,
두 살쯤 된 어린애를 연상시키는 조그마한 샘이 마당 한켠
에서 정겹게 물을 뿜어 올리고 아니 내어밀고 있었다. 거기
조롱박이 하나 놓여 있었다. 스님이 생전에 저 조롱박으로
얼마나 많이 좌선의 마른 목을 축였을까.

향곡 큰스님의 부도는 관음사 옆 작은 동산에 탁 트인 바
다를 바라보며 서 있었다. 밤바다를 거니는 스님의 모습이
일순 망막을 스치고 지나갔다.

칠월칠석

칠월칠석, 찌는 듯한 더위가 연일 계속 되고 있다. 가만히 앉아 있어도 등줄기에 땀이 배일 지경이다. 이런 무더위를 무릅쓰고 신도들은 가파른 산길을 힘들게 걸어 절에 온다.

절로 오는 그들의 마음은 청정하다. 아무런 티끌도 없다.

이른 아침 서둘러 일어나 목욕재계하고, 부처님께 올릴 공양미를 챙겨 새 옷으로 갈아입고 절로 온다. 추위나 더위 따위는 아랑곳하지 않는다. 오직 부처님께 경배할 마음 하나로 가파른 산길을 오른다. 부처님께 절하며 가내의 안녕을 기원하는 그 마음 하나로 말이다.

상구보리上求菩提 하화중생下化衆生, 즉 위로는 보리(진리)를 구하고 아래로는 중생을 제도하는 것이 불교의 근본 목적이다.

사람에게는 그릇이 따로 있고, 그 그릇의 크고 작음에 따라 삶의 행로가 달라지게 마련이다. 또한 살아가면서 작은 그릇이 커지기도 하고, 큰 그릇이 작아지기도 한다.

부처님께서는 일찍이 제자들을 가르치고 중생들을 교화함에 있어 여러 가지 방편을 마련하셨다. 총명한 자에겐 총명한 대로의 방편을, 어리석은 자에겐 어리석은 대로의 방편을 그때그때 사용하여 조금씩 지혜의 길로 인도하셨다. 그래서 부처님의 제자 가운데에는 현명한 자도 있고, 어리석은 자도 있고, 왕도 있고, 도적도 있었다. 사람의 됨됨이를 보고, 그 사람의 그릇이 얼마나 크고 작은지를 보아 가르침을 행하셨던 것이다.

인간 모두가 진공묘유眞空妙有의 깊고 깊은 법을 체득할 수는 없다. 세세생생世世生生을 두고, 선업善業을 쌓고 수행해야만 미혹迷惑으로부터 벗어나 본래의 면목을 찾을 수 있다.

허나 기복 불교면 또 어떤가. 부처님께 나아가 엎드려 절하면서 가정의 복을 비는 것, 그 간절한 마음가짐 또한 불교요, 진리에 근접하는 디딤돌이 아니겠는가.

선실에서 가부좌를 틀고 앉아 면벽하며 탐구하는 것만이 불교는 아니다. 중요한 것은 마음가짐이다. 가파른 산길을 힘들게 올라와 부처님 앞에 무수히 배례하는 사람들의 마음속에 악귀가 어디 있겠는가. 그저 순수하고 무구한, 부처님을 향한 간절한 기구祈求만이 있을 뿐이다. 부처님은 이러한 선남선녀들을 자비로운 미소를 띠고 그윽이 내려다보신다.

오늘은 칠월칠석. 찌는 듯한 무더위 속에서도 신도들이 무리지어 올라온다. 모두가 한결같이 밝은 모습이다. 오랜만에 만난 이들은 서로 합장하며 함박웃음을 터뜨린다.

칠월칠석은 사실 기본 불교와는 별 연관이 없다. 오래전부터 있어 온 민간신앙을 불교 속으로, 절 속으로 끌어들인 결과가 오늘날까지 이어지게 된 것이다. 절 경내에 있는 칠성각, 산신각이 그것이다. 그러나 그 모두가 불교와 부처님

과 가까워지게 하려는 우리네 옛 스님들의 방편이 아니었
겠는가.

이렇게 기쁜 날엔 절에 가서 가내의 복도 빌고, 반가운
사람도 만나서 음식도 같이 나누어 먹고 그래야 좋지 않겠
는가.

칠월칠석, 천상의 옥황상제는 외동딸 직녀가 견우와 혼
인하자마자 사랑에 빠져, 아무것도 하지 않고 빈둥빈둥 놀
기만 하자 화가 나서 둘을 갈라놓았다. 그러고는 일 년에 단
한 번, 칠월칠석에 만나게 했다. 은하를 사이에 두고 견우
성과 직녀성은 마주 보고 반짝이며 오늘도 서로를 그리워
한다.

자연이 주는 법문은 한량없다. 묵연히 오고 가는 사계의 흐름
속에 꽃을 피우고 잎을 떨구는 신묘한 이치를 오늘 이 봄날에,
다시 이 봄날에 음미해 보는 것이 어떠할는지.

청량사 지게꾼

진수, 이제 서른일곱. 봉화 청량사 아래서 지게를 지는 청년이다. 남들이 보기에는 그냥 오갈 데 없이 떠도는, 측은지심惻隱之心을 일게 할 만한 사람이다.

청량사 절 아래 조그만 가게의 배불뚝이 주인을 만나 그의 동생이 되었다. 허구한 날 지게를 지고 짐을 나르는데, 온갖 궂은 일이 진수 청년의 소임이다. 그는 아직 장가도 가지 못했다.

서울서 내려와 책 천여 권을 가게에 두고, 진수에게 지게로 그 책을 산으로 가져와 달라고 부탁했다. 가게에서 청량 산 청량사, 응진전 암자를 잇는 비탈길을 진수는 열두어 번 지게를 지고 진땀을 흘리며 책을 날랐다. 고마웠다. 그의 순수한 얼굴에서 배어 나오는 티없이 맑은 웃음을 잊을 수 가 없다. 미숫가루 한 그릇을 타주자 그는 선 채로 꿀꺽꿀꺽 마시고는 땀을 닦고 다시 절 아래로 내려가 짐을 날랐다.

진수!

나는 그를 장가 보내고 싶었다. 허나 여자들은 그를 본체 만체했다. 가진 것 없는 그를 좋아하지 않았다. 딱하고 딱 한 그의 처지를 생각하면 마음이 아파 어떨 땐 눈물이 핑 돌 때도 있었다.

진수는 말이 별로 없다. 아직도 그는 배불뚝이 형의 가게 에서 온갖 궂은 일을 도맡아 하며 묵묵히 살아가고 있다.

경북 안동이나 영주에서 봉화 청량사를 찾아오는 신도들 은 많은 짐을 청량사 법당으로 옮겨 달라고 그에게 부탁한 다. 그는 늘 웃으며 그 짐을 나른다.

뜨거운 여름날 그는 짐을 부리고 나면 암자 마루에 걸터 앉아 공양간 보살이 건네주는 수박 한 조각을 맛있게 먹을 뿐, 일이 힘들다고 투정하거나 찌푸리지 않는다.

부모도 없고 일가 친척도 하나 없는 진수. 그는 남에게 불편을 끼치는 일은 절대 하지 않는다.

진수에게 진실로 고마운 마음을 전하며, 그에게 용기를 주고 싶다. 가진 것 없는 그의 삶에 축복이 있기를 늘 축원한다.

말없는 아이

인구 이만 명쯤 되는 자그마한 소읍. 장터 거리 끝에 있는 높은 시멘트 다리 어귀에 낡은 널빤지를 깔고 앉아 있는 아이가 있었다. 아이는 서울로 난 도로 쪽을 바라보고 있었다. 가끔 삶은 고구마 같은 것을 씹으면서 하염없이 그렇게 앉아 있었다.

"저 아이는 하루 종일 저기 저렇게 앉아 있다네. 도망간 제 어미를 기다리고 있는 게야. 망할 년……. 아무리 사내가 그립기로 저 불쌍한 것을 두고 도망을 치다니……. 벌써

한 삼 년 되었지. 저 애 애비는 폐병으로 일찍 죽고 할미가 구멍가게를 꾸려가며 살고 있다네. 이제 저 애 할미도 칠십을 훨씬 넘겼을 게야. 망할 년 같으니라고⋯⋯."

다리 어귀 대장간의 김씨 할아버지는 연신 망할 년을 되뇌면서 시뻘겋게 달아오른 호미를 망치로 내리쳤다.

삶은 고구마를 조금씩 씹어 먹으면서, 아이는 서울로 난 도로를 그렇게 무연히 바라보고 있었다. 여덟 살이나 아홉 살쯤 되었을까. 아이는 옷도 남루하지 않았고 눈망울도 맑았다.

"저 아이는 말을 하지 않는다네. 허나 벙어리는 아닐세. 동네 사람들 얘기로는, 제 어미가 없어진 뒤로 말문을 닫았다고 하더군. 그러고선 매일같이 어미를 기다리고 있는 게야. 제 어미가 언젠가는 저를 찾아올 거라는 기대 때문이지."

막걸리 한 사발을 건네자 김씨 할아버지는 때 절은 수건으로 목덜미의 땀을 훔치면서 다 헐어빠진 낡은 의자에 털썩 주저앉았다. 김씨 할아버지는 막걸리 한 사발을 시원스레 들이켜고 나서 다시 다리께로 눈길을 주었다. 나도 김씨 할아버지의 눈길을 따라 다리께를 보았다. 아이는 그냥 그대로 앉아 여전히 서울로 난 도로를 바라보고 있었다.

"무슨 도 닦는 스님 같지 않은가? 하루도 빠짐없이 저러고 앉아 있다네. 얼마나 제 어미가 그리웠으면, 어린애가 하루 이틀도 아니고 삼 년을 저러고 있겠는가……."

꼭 어린 날의 나를 보는 것만 같았다. 어린 나이에 스님이 되겠다고 절에 맡겨졌을 때 저 아이와 같은 나이가 아니었던가. 엄마가 보고 싶고 그리워서 날이 어두워질 때까지 일주문 기둥에 기대어 매일 울었던 기억이 난다.

김씨 할아버지는 쯧쯧 혀를 차며 담배에 불을 붙였다. 망치질로 살아온 대장장이 한평생이 그의 얼굴을 주름살로 뒤덮고 있었다. 퍼렇게 힘줄이 솟아 오른 굵은 팔뚝만이 그의 대장간 한평생을 대변하고 있었다.

"비가 오려나……."

김씨 할아버지는 하늘을 올려다보며 혼자말을 했다. 시커먼 구름이 조금씩, 그러나 빨리 다리께 하늘 쪽으로 몰려오고 있었다.

"할아버지, 비가 와도 저 아이는 저대로 있나요?"

"아닐세. 지네 집으로 가지. 눈이 와도 그렇고. 그러나 하루 한두 차례는 어김없이 저렇게 있다 가곤 하네."

후두두, 후두두.

빗줄기가 대장간 양철 지붕을 두드리기 시작했다.

"오늘 일은 이만 접어야겠군. 어디로 가는 스님인지는 모르겠으나 그만 돌아가시게."

김씨 할아버지는 남은 막걸리를 마저 들이켜고 일어섰다. 아이는 서울로 난 도로를 잠시 뚫어지게 바라보더니 곧장 등을 돌려 달음질치기 시작했다.

행복한 자, 지금 '행복하다'고 자위하지 말라.
그 주어진 행복과 안위를 안으로 다독거리며, 저 많고 많은 불행한 이웃들의
삶을 한번쯤 돌아보라. 이것이 여름 숲의 건강함이 주는 교훈일 게다.

집 수리를 하며

요즈음은 선불장(우리 절의 작은 선실) 일로 하루 종일 분주하다. 원체 오래된 건물이라 벽에 금이 가고, 장마철이면 군데군데 조금씩 비가 샌다. 고친다 고친다 하면서도 벌써 수년째 차일피일 방치해 왔는데, 이제 더 이상 놓아둘 수가 없게 되어 손을 보기로 작정한 것이다.

마을 일꾼 몇 명을 수배하여 올라오게 하고, 행자들과 나까지 일에 달라붙었다. 말이 수리지, 거의 새로 짓는 거나 진배없었다. 기둥만 그냥 둔 채, 벽채를 모두 헐고 황토를 이겨 안팎에 발랐다. 지붕의 낡은 기와도 벗겨내고 새 기와로 튼튼하게 얹었다.

일을 시작한 지 한 달이 지났다. 그런데 아직도 멀었다. 처음 예상과는 달리 손 볼 데가 하나 둘씩 자꾸 생겨났기 때문이다.

요즘 일을 하면서 나는 참으로 뿌듯하다. 왜 진작 하지 않았을까 하는 자괴감과 바깥 일에 집착하여 내부 일을 소홀히 한 데 대한 뉘우침이 겹쳐 더욱 일에 몰두했다. 그래서 뿌듯하다. 지붕에 잡초가 자라 있는 걸 보고 '저걸 어떻게 하긴 해야 될 텐데…….' 하고 속으로 되뇌면서도 막상 손을 대지 못하고 몇 해를 훌쩍 넘겨 버리고 만 것이다.

지붕에 기와를 새로 얹고 황토로 벽채를 이겨 발라놓으니 낡은 선불장이 다시금 새로 태어난 듯하다. 칠도 하고 도배도 물론 정성스레 하고, 마당엔 정갈하게 자갈을 깔아야지…….

일이 끝나면 손님 맞을 준비를 해야겠다. 이제 하안거 해제夏安居解制가 되었으니, 동안거 때는 몇 분 수좌 스님을 새 손님으로 맞아야겠다. 그분들이 형형한 눈빛으로 이 산중에서 대각을 이루어, 부모미생전父母未生前의 본래 면목을 찾도록 해야 하지 않겠는가.

담벼락을 타고 능소화가 한창 피었다. 그 둘레를 벌들이 윙윙거리며 날고 있다. 이마에 흐르는 땀을 닦고 냉수 한 잔을 마시며 잠시 그 모습을 바라본다.

덥기는 하지만 일하기는 요즈음이 좋다. 저녁 여덟 시가 되어도 날이 어둡지 않으니까 말이다. 한 발짝, 두 발짝 물러서서 새롭게 꾸며지는 선불장에 미소를 보낸다. 뿌듯하고 또 뿌듯하다.

청량산 물안개

새벽 예불을 마치고 뜨락을 거닐다 보면, 계곡 사이로 물안개가 스멀스멀 조금씩 올라오기 시작한다.

여기 청량산 입구에는 강이 아주 도도하게 흐르고 있다. 황지에서 발원하여 흘러내리는 강물은 사시사철 변하지 않고 그칠 줄 모른다. 그렇게 제 흐름을 멈추지 않는다. 예부터 사람들은 이곳을 낙동강 상류 지역이라 이름했다.

강이 깊고 물이 맑아 팔뚝만한 고기들이 노니는데, 저들끼리 수면 위로 뛰어오르기도 하며 자유롭게 놀고 있다. 깎아지른 듯한 벼랑 아래로 줄기차게 흘러내리는 강. 그 강에서 노니는 물고기들의 자유로움. 그것은 보는 사람들의 마음을 즐겁게 하고 평화롭게 한다.

스멀스멀 계곡 사이로 피어 오르는 물안개. 물안개 무리들은 삽시간에 온 계곡을 점령하고, 청량산 청량사를 뒤덮어 버린다. 안개 군단, 이 자연의 대군단을 어찌 막을 수 있겠는가. 그리고 막을 이유도 없지 않겠는가. 뜨락을 이리저리 거닐며 물안개 무리에 그대로 몸을 맡긴다.

물안개 군단에게 포박당하고 제어당하면서, 산사의 적막과 고요를 함께 누리면서, 그냥 그렇게 아무런 생각 없이 날이 밝아올 때까지 뜨락을 거닐 뿐이다.

비가 많이 올 때면, 물안개는 시도 때도 없이 피어 오른다. 그러다 때로는 안개 속에서 소리가 들려온다.

뿌우 — 뿌우 —.

마치 먼 데서 부는 듯한 나팔 소리가 들려온다. 그것을 일러 무적霧笛이라 한다. 안개 속에서 들려오는 젓대 소리라고 할까. 예부터 선인들이 일러 오는 안개 소리다. 안개 소리에 귀기울이며 물안개 속에 서 있노라면 어느새 옷이

촉촉하게 젖어온다. 그러나 그 촉촉함이 싫지만은 않다.

지금까지 누구에게도 청량사의 물안개에 대해 이야기하지 않았다. 그것은 나만의 소중한 비밀로, 혼자만의 작은 기쁨과 충만함으로 간직하고 싶었기 때문이다.

물안개 속에서 문득 헤르만 헤세의 소설 《싯다르타》를 떠올린다. 헤세는 이렇게 얘기했다.

'나는 강의 흐름에서 기다림을 배운다……'

강은 도도히 흘러간다. 잠시 그 도도함을 늦추기도 한다. 그러다 홍수가 오면 노도怒濤가 되어 범람하기도 한다.

강의 흐름에서 기다림을 배운다……

헤르만 헤세는 이러한 지혜를 조용한 속삭임으로, 그 특유의 따뜻한 음성으로 전하고 있다. 헤세는 서양인이면서도, 동양 정신의 진수를 보여준다. 그 동양적인 사상이 《싯다르타》라는 소설을 통해, 그리고 그 소설의 중심을 이루는 강의 사상을 통해 우리에게 전해져 오고 있다.

청량산 물안개는 소리도 없이 몰려와서 잠시 산과 절을 점령했다가, 역시 소리 없이 물러가곤 한다. 아침 해라는 더 강한 적에게 속절없이 밀려나 버리는 물안개 군단들.

나는 그들과 친해졌다. 이제 새벽이면 그들은 나를 만나
러 올 것이다.

늦은 밤 비는 내리고…

올해는 유난히도 비가 많이 내린다. 장마가 물러갔나 싶었는데 이게 웬일인가. 연 사흘째 폭우가 쏟아지고 있다. 비가 오는 밤에 장지문을 활짝 열어젖히고, 장명등이 켜진 뜨락에 엇비슷이 내리꽂히는 빗줄기를 바라보고 있노라면 심사가 어쩐지 아득해진다.

가만히 앉았거나 누워서 듣는 빗소리도 좋지만, 이렇게 방안을 서성이며 장지문을 열어젖히고 바라보는 것도 괜찮다. 곁에 아무도 없다는 게 허전하고 스산했던 적도 있었지만, 이제는 그렇지 않다. 아무도 없는 이 공간이 오히려 충일하고 소중하다.

산에 사는 사람은 번다한 것에 집착하지 말아야 한다. 그런 일에 너무 집착하고 매달리다 보면 자칫 본연을 상실하기 십상이다. 허나 사람 사는 일이 어디 그리 뜻대로만 되는 것이던가. 때론 번다한 일에 휩쓸리기도 하고, 그리하여 피곤할 때도 있게 마련이다.

내가 여기 청량산 옛 문수암 터에 조그만 토굴을 지어, 본 절에서 올라와 있는 것도 그런 연유에서다. 아침 공양을 하지 않는 관계로 느지막이 내려가 이런저런 볼일을 보다가 저녁 공양 후에 이내 올라온다. 이렇게 혼자 있는 시간이 내게는 그야말로 금쪽 같은 행복의 시간이다.

토굴은 높아서 산 전체를 관망할 수 있는데, 계절에 따라

안부 편지를 띄우고, 이열치열로 뜨거운 수제비 한 그릇을 비우고,
개울에 나가 발을 담그며 매미 소리에 한여름 무더위를 씻어내던
옛 선인들의 정취가 그 어느 때보다 그리웠던 여름이다.

시시로 변화하는 산색을 어림해 보는 것도 하나의 즐거움이다.

산은 자주 그 모습을 달리한다. 볼일이 있어 며칠 밖에 나갔다 올라치면, 어느새 산은 다른 옷으로 갈아입고 객을 맞듯 담담히 나를 맞이한다. 이러한 산의 변화를 같이 있는 이들은 알지 못한다. 그것에 유념하고 있지 않기 때문이다. 허나 나는 곧 감지한다. 토굴에 올라와 온 산을 관망하며 이리저리 거닐다 보면, 산이 새로이 옷을 갈아입은 사실을 금세 알아차린다. 우리가 모르는 사이에 산은 움직이고 있었던 것이다.

비가 내린다.

산을 적시고, 숲을 적시고, 버려진 옛 암자 터를 적시며 밤이 깊도록 비가 내린다.

어디 멀리서, 오래전에 헤어진 도반이라도 불현듯 찾아올 것인가. 찾아와서 웃으며 손을 내밀 것인가. 오늘밤엔 빗소리 속에 누군가의 발자국 소리가 섞여 있는 것만 같다.

토굴 옆, 문수 폭포도 거대하게 떨어져 내리겠구나. 비가 올 때만 그 모습을 드러내는 문수 폭포. 새벽이 밝아오면,

가서 몸을 씻으리라. 거대하게 떨어져 내리는 물줄기에 몸을 맡기리라.

차 한 잔을 끓여 앞에 두고 가만히, 모든 소리에 귀를 기울인다.

평화를 위하여

세계는 지금 전쟁과 반전反戰의 소용돌이에 휩싸여 있다. 전쟁을 지상의 목표로 삼아 밀어붙이고 있는 미국과 영국. 그리고 이에 반대하여 터져 나오고 있는 전세계의 분노에 찬 목소리들. 그 어느 때보다 반전의 목소리는 거세다. 전쟁 당사국인 미국과 영국 내부에서조차 전쟁을 반대하는 목소리는 드높다.

왜 이러한가?

반전 지지자들은 지금 한창 물불을 가리지 않고 이라크

를 공격중인 미·영 두 나라 지도자들을 향해 당장 전쟁을 중지하라고 아우성이다.

우리나라도 예외가 아니다. 무려 칠백여 민간 사회단체가 오로지 반전을 위해 한 목소리로 뭉쳐 일어섰다. 전국에 이런 단체가 칠백여 개나 있다는 사실도 놀랍거니와, 이들이 미국과 영국이 벌이고 있는 이라크 전쟁을 반대한다는 사실 하나에, 한 목소리로 뭉쳐 일어섰다는 것에 다시 한번 놀라움을 금치 못했다.

손에 손에 촛불을 밝혀 들고 서울 세종문화회관 앞에 모인 이들은 'NO WAR(전쟁 반대)' 란 피켓을 높이 들고 호소했다. 분노에 차서 외쳤다.

그것이 꼭 전쟁 당사국인 미국과 영국을 향한 분노였겠는가. 속 깊이 들어가 보면 그 분노는 우리네 삶의 어느 한 모퉁이에서 호시탐탐 우리를 노리는 시커먼 악의 그림자를 향한 것은 아닐까. 그들은 형체 없는 '그것'을 향해 분노를 표현하고 있는 듯싶었다.

텔레비전 화면에 비친 한 아주머니는 피켓을 들고 고함을 지르다 끝내는 울음을 터뜨렸다. 격정에 겨워 온몸을 뒤

틀며 통곡하는 그녀, 무엇이 그녀를 이처럼 오열하게 만들었는가. 그것은 우리들 내면에 깊숙이 자리하고 있는, 자신과 이웃을 향한 따뜻한 사랑과 연민 때문일 것이다. 머리에 붕대를 감고 울고 있는 이라크 어린이들과 공포에 떨고 있는 부녀자들의 모습이 그녀를 울린 것이다.

이라크의 대통령 후세인은 미국 대통령 부시의 표현대로라면 '악마'다. 후세인은 자신에게 반대한다는 이유 하나로 수천 수만 명을 처형했다. 그가 더욱 악마적인 것은 집권 초기에 수천 명을 한꺼번에 처형한 뒤, 그 장면을 비디오 테이프에 담아 전국에 배포했다는 사실이다.

나에게 반대하면 너희들도 언제든 저 꼴이 될 수 있다는 엄포요, 협박이다. 그것도 선량한 국민들을 향하여.

그는 그런 방식으로 24년 간이나 집권했다.

그런 자를 응징하기 위한 전쟁을 왜 세계 여론은 반대하고 나서는 것인가. 그것은 간단하다. 전쟁 때문에 피해를 입는 불쌍한 이라크 국민들 때문이다. 후세인은 후세인이고, 국민들은 국민들이다. 빈대 한 마리 잡으려고 초가삼간 태우려는 꼴이 아닌가.

평화를 염원하는 전세계의 사람들, 손에 손에 촛불을 밝혀 들고 반전을 호소하는 우리나라의 따뜻한 가슴들 그리고 비 오듯 눈물을 흘리던 한 아주머니의 간절한 기원이 헛되지 않기를……. 세계인의 가슴속에 평화의 붉은 꽃이 시들지 않고 늘 피어 있기를 진심으로 바란다.

경주 남산

불국사의 석가탑과 다보탑이 위기에 처해 있다. 탑이 현재도 조금 기울어 있고, 그냥 두면 계속 기울어진다는 것이다. 이런 세계적 문화재가 사람들의 무관심 속에 방치되어 있었다니 그저 놀라울 뿐이다.

산 전체가 문화재인 경주 남산은 어떠한가. 줄줄이 석탑이요, 돌아보면 불상이다. 이 봉우리, 저 골짜기 석탑과 불상은 천 년 전 그대로 서 있어 오늘도 우리를 마주한다. 뿌연 안개 속에 우뚝 서 있는 정상의 석탑. 암벽에 새겨진 마애불. 사람의 손이 닿아 형성되었지만 전혀 그렇지 않은 듯한 천연天然이다. 이런 불후의 유적들이 상처받고 있다. 걷어차이고 할퀴고 목이 부러지고……. 이래서는 안 된다.

"오~ 필승 코리아! 대~한민국!"

우리는 꿈도 꾸지 못했던 4강까지 오르지 않았는가. 못할 것은 없다.

축구도 좋지만 문화재를 살리자. 축구는 지면 다시 도전하면 되지만, 우리 소중한 문화재는 한 번 훼손되고 유실되면 다시 찾을 수 없다.

우리 민족의 혼, 우리 선인들의 피와 땀, 옹골진 힘과 승화된 정신이 이루어낸 무상無上의 진보 문화재를 왜 이처럼 소홀히 하는가.

바깥으로 눈을 돌려 보라. 가까운 일본인들은 그들 문화재를 자신의 목숨처럼 아끼고 보존한다. 그런데 선진국 대열에 들어서고 있다는 한국, 우리는 어떤가. 문화재를 보존하기는커녕 도적질해서 외국인들에게 팔아먹는다. 수많은 문화재가 미국으로, 일본으로, 유럽으로 넘어갔다. 남산의 불상들도 도굴꾼들에 의해 도적 맞았으리라.

경주 남산은 신라인들의 성지였다. 신라인들은 불국토佛國土를 남산에 건설하려 했고, 그들은 현재와 미래를 남산에 기댔다.

충담 스님은 해마다 3월 3일과 9월 9일에 차를 달여 남산 삼화령의 미륵 세존께 공양을 올렸다. 충담 스님은 향가 〈찬기파랑가〉를 지었고, 경덕왕景德王의 청에 의해 〈안민가安民歌〉를 짓기도 했다. 남산엔 왕과 왕비, 왕자와 공주, 여러 신하들이 수시로 올랐고, 백성들은 남산을 향해 경배했다. 그런데 이런 남산이 훼손되고 있다.

정부나 정치인들은 아예 관심 밖인 듯하다. 정쟁과 이해 타산에 눈이 멀어 문화재 따위는 안중에도 없는 것이다. 69조 원인가 하는 천문학적 공적자금이 모리배들의 뱃속으로 꿀꺽 넘어가 회수할 길이 없게 됐다 한다. 회수할 길이 없으면, 그 천문학적 돈을 국민들이 고스란히 감당해야 한다. 정치하는 자들은 절대로 그들의 잘못된 정책을 책임지려 하지 않는다. '물이 없어도 다리를 놓겠다고 한다. 그런 자들이 정치인들이다.' 오죽하면 흐루시초프가 이런 말을 했겠는가.

올해 경주시의 문화재 관련 예산은 3억 원이라고 한다. 아무리 지방자치단체의 재정이 열악하다 해도 경주시의 이러한 예산 편성은 우리를 슬프게 한다. 경주시가 어딘가. 세계에서도 그 유래를 찾아볼 수 없는 온갖 진기하고 성스러운 문화재를 품고 있는 곳이 아닌가. 그러므로 마땅히 잘 보존해야 할 의무가 있다. 겨우 3억 원으로 이런 의무를 이행하겠다는 말인가.

그들 관료들의 행태는 참으로 가관이다. 경마장 따위를 유치하기 위해 혈안이 되어 있다. 그런데 경마장 부지를 조성하기 위해 땅을 파보니 무수한 문화재들이 쏟아져 나왔다. 그래서 결국 여론에 떠밀려 중단했다.

이런 사람들이 눈 가리고 아옹 하는 식으로 문화재 정책을 펴고 있다. 정부와 정치인 그리고 행정 관료들은 각성하라. 시뻘겋게 충혈된 눈을 씻고 문화재를 한번 살펴보라.

매미 소리

매앰맴…… 맴맴…….

매미들이 극성스레 울어댄다. 요즘 매미들은 예전과 달리 밤낮을 가리지 않고 계속해서 울어댄다.

여의도처럼 아파트가 밀집해 있고 가로수나 소규모 공원 등 나무들이 제법 무성한 곳에서는 사람들이 잠을 제대로 이룰 수 없을 정도로 매미들이 극성스럽게 울어댄다고 한다.

허나 따지고 보면 여기에도 다 이유는 있다. 매미들이 울고 싶어서 밤낮으로 울어대는 게 아니라는 것이다. 여기저기서 위낙 환하게 불을 밝혀놓으니 매미들이 밤과 낮을 분별하지 못해서 그렇단다.

매미들은 땅 속에서 유충인 채로 평균 사오 년을 산다. 평균이 사오 년이지 길게는 칠팔 년, 짧게는 이 년 정도를 땅 속에서 산다고 한다. 그러다 겨우 날개를 달고 땅 위로 올라와 나무 위에 터를 잡고 울기 시작하는데, 그러고 나서 그 수명이 일주일 전후라고 한다. 이것이 매미의 속성이요, 그들의 어쩔 수 없는 숙명이다.

매미는 지상에서의 이 짧은 생애 동안 짝짓기를 하여 종족을 번식시켜야 한다. 그런 연유로 인하여 암컷은 수컷을, 수컷은 암컷을 부르느라 목이 터지게 울어대는 것이다.

도회지에서뿐만 아니라 어쩐 일인지 내가 사는 이 산중에도 한밤중이나 새벽녘에 난데없이 매미들이 울어댄다. 외등을 몇 군데 켜놓긴 했지만 도시에서처럼 밤을 낮으로 착각할 만큼 환하지 않은데도 말이다. 이런 매미의 변태적인 울음도 우리 지구가 심각하게 앓고 있는 병통 중의 하나가 아닐까 싶어 심히 저어된다.

요즘 날씨만 해도 그렇다. 지금은 절기로 봐서 한참 더울

때인데도 아침, 저녁으론 서늘하다. 산중에서는 벌써 불을 넣어야 할 판국이다. 아무리 비가 자주 오고, 많이 왔기로서니 이처럼 날씨가 뒤죽박죽이어서야 말이 되는가. 절기가 제대로 돌아가서 더울 땐 덥고, 서늘할 땐 서늘해야 이치에 맞는 일이다. 그래야 논에 벼이삭이 잘 익고 과일 또한 잘 영글고 단맛이 들 게 아닌가.

농부들은 지금 울상이다. 논과 과수원에 병이 번지고 성장이 제대로 안 되어 아예 수확을 포기한 상태라고들 하니, 이 어찌 남의 일이라 강 건너 불 보듯 할 수 있겠는가. 이런 판국에도 정치권은 정치권대로 서로 못 잡아먹어 야단이고, 노동자들은 노동자들대로 조금이라도 제 몫을 더 챙기려 아우성이다. 같은 국민의 처지, 같은 이웃의 처지를 아랑곳하지 않는다.

느슨해진 정치권, 느슨해진 정부는 이런 때를 놓칠새라 악다구니를 치며 목에 핏대를 세워 고함을 지르고, 노동자들은 고속도로를 점거하고 한 달이고 두 달이고 자신들의

어디 멀리서, 오래 전에 헤어진 도반이라도 불현듯 찾아올 것인가.
찾아와서 웃으며 손을 내밀 것인가. 오늘밤엔 빗소리 속에
누군가의 발자국 소리가 섞여 있는 것만 같다.

요구가 관철될 때까지 파업이다. 파업 한 번 안 하면 병신이라고 욕할까 봐 그러는지 연일 파업에 또 파업이다. 국가적 이익, 국가적 체면은 아예 안중에도 없다. 그저 제 밥그릇 챙기기에 혈안이 되어 있다.

오늘날 이 나라가 왜 이 꼴이 되었는가. 겸손하고 예의 바르고 인정이 많다 하여 일찍이 동방예의지국이라 칭송받지 않았던가.

이는 모두들 메말라 있기 때문이다. 모두들 자기 자신과 자기 아내, 새끼들만 알고 가난하고 핍박받는 이웃들에겐 눈길 한번 주지 않는 야박한 풍토가 이 땅을 잠식했기 때문이다.

아직도 늦지 않았다. 대기업 노동자들은 그들보다 반절밖에 임금을 받지 못하는, 그나마도 제대로 받지 못하는 중소기업 노동자들을 한 번쯤 생각해 보고, 정치인들은 대오 각성하여 국가의 장래를 염려해야 할 일이다.

매앰맴…… 맴맴…….

매미들이 시도 때도 없이 극성스레 울어대고 있다. 우리가 못 먹고 못살았던 시절, 여름방학이면 곤충 채집을 하러 매미채를 메고 산으로 들로 뛰어다니지 않았던가. 그 시절 매미들은 낮에만 울었다.

우리 모두 그때를 생각하자. 그때를 기억하자.

사라호에 관한 기억

태풍 '매미'가 한반도를 강타하고 사라졌다. 사망·실종 130여 명과 4조 원에 이르는 엄청난 재산 피해가 상처로 남았다. 일흔의 한 할머니는 망연자실한 표정으로 텔레비전에 나와 이렇게 말했다.

"숟가락 하나 남은 게 없어요. 오늘 아침 누가 밥을 가져다 놓고 갔는데 숟가락이 없어 멍하니 밥그릇을 내려다보고 있다가 모래밭에 굴러다니는 숟가락 한 개를 주워서 억지로 목구멍에 밥을 떠 넣었어요. 그래도 죽지 않으려고……."

할머니는 말을 잇지 못하고 끝내 치맛자락으로 눈물을 닦았다.

이번 태풍 '매미' 사태는 자연 재해이지만 '인재'도 컸다.

태풍 '루사'가 남기고 간 갖가지 피해를 당국은 손도 쓰지 않은 채 방치했고, 그나마 손을 쓴다고 쓴 곳은 땜질이고 눈가림 식이었다. 예산은 편성되었는데 집행이 이루어지지 않았고, 집행이 이루어진 곳이라 해도 담당 공무원들의 무책임, 무관심, 무사안일의 본보기일 뿐이었다. 이런 판국에 사상 초유의 강력한 태풍이 할퀴고 지나갔으니 그 피해가 어찌 만만할 수 있겠는가.

불교 각 종단과 전국의 불자들은 이번에도 팔을 걷어붙이고 피해 복구에 나섰다. 부처님의 자비 불심은 실의에 빠진 수재민들에게 조금이나마 희망과 용기를 주었다. 고통을 나누고 함께하는 그 마음, 동체대비同體大悲야말로 이 시대를 살아가는 우리 불자들의 진정한 믿음의 행보라 할 수 있겠다.

재삼 개탄하거니와, 이번 사태를 교훈으로 삼아 국정을

수행하고 이끌어가는 공직자들은 살신성인의 정신으로 참회하고 분발해야 할 것이다.

태풍이 제주도로부터 몰려오고 부산과 경남 해안은 해일로 인해 아수라장인 지경에 이르렀는데도 관계 공무원들은 비상 근무는커녕 휴일이랍시고 모두 자리를 떠 사무실은 텅텅 비어 있었다. 그나마 남아 있던 이들마저 시민들의 문의 전화에 "모른다. 다른 부서에 알아보라."는 등의 어처구니없고 무책임한 언사로 일관했다 하니 참으로 기가 막힐 노릇이 아닐 수 없다.

아직도 이 나라 살림은 넉넉하지 못하다. 빈익빈 부익부가 국민들의 정서를 좀먹고 있다. 그러나 공무원들은 해마다 꼬박꼬박 봉급을 올려 받는다. '공복'이란 말이 있지 않은가. 공복이란, 국민의 심부름꾼이란 뜻이다. 그런데도 심부름은 제대로 하지 않고, 오히려 국민 위에 군림하고 틈만 나면 태평하게 놀 생각부터 하니, 이 나라가 어찌 제 궤도에 정상적으로 올라 움직일 수 있으랴.

태풍은 그 강도가 크든 작든 해마다 온다. 그러므로 부서지고 망가진 곳은 철저하고 튼튼하게 복구해서 희망을 잃고 주저앉아 한숨 짓는 국민들을 위로하고 다독거려야 한다.

1962년 여름에도 이와 비슷한 강도의 태풍 '사라호'가 전국을 강타하여 엄청난 피해를 입혔다. 오랜 세월이 지났지만 그때의 악몽을 많은 사람들은 기억하고 있을 것이다.

내 나이 일곱, 여덟 살쯤 되었을까. 집 주위에 수십 그루의 감나무가 있었는데, 폭풍이 그 감나무들을 모두 쓰러뜨리고 지나갔다. 폐허가 된 감나무밭의 처참한 광경이 지금도 뇌리에 생생하다. 사십여 년이 지난 지금, 태풍 '매미'가 할퀴고 지나간 상처 자국을 텔레비전 화면을 통해 바라보면서 그때의 참상이 스치고 지나간다. 그때보다 살기가 많이 좋아졌다고는 하나, 참상을 겪은 당사자들의 마음이야 그때나 지금이나 어찌 다를 수 있겠는가.

우리는 본성이 선하고 따뜻한 민족이다. 남의 아픔을 그냥 지나치지 않고 자기 아픔으로 함께 나눌 줄 아는 넉넉한 보리심을 가진 민족이다. 위기가 닥칠수록 더욱 단단히 뭉쳐 그 위기를 극복할 수 있는 지혜를 가진 민족이다. 태풍 '매미'의 상처도 일심으로 화합하여 굳건하게 잘 수습되길 불전에 기원한다.

무더운 여름을 보내며

시하時下 엄동지절嚴冬之節에……
시하時下 염천지절炎天之節에……
기체후 일양만강하시온지요……

삼사십 년 전쯤만 해도 시골 장바닥에선 돋보기를 낀 할
아버지들이 사주도 보고 책력과 함께 이런 서간체로 된 책
을 팔았었다. 이제 그러한 광경은 우리네의 아련한 추억 속
으로 사라진 지 오래다.

요즘은 손으로 꾹꾹 눌러 쓴 편지에 정성껏 우표를 붙여 우체통에 넣는 사람을 보기가 힘들다. 전화나 이메일이면 멀리서도 아주 간단하게 연락할 수 있기 때문에, 편지를 주고받는 간절한 묘미를 느끼기는 어려운 재미없는 세상이 되어 버렸다.

염천炎天은 염천이다. 가만히 앉아 있어도 등줄기에 땀이 줄줄 흘러내린다. 왜 이리 더운가.

옛날 임금님들은 가뭄이 심하게 들면 술과 육식과 여색을 멀리하고 소찬을 들며, 목욕재계하고 하늘에 기우제를 올렸다.

그런데 요즘 위정자들은 어떠한가. 자기들만의 사리사욕, 이기심 때문에 매일 싸움만 한다. 국가의 이익이나 국민들의 행복과는 아무런 관계없는, 오직 자기들만의 싸움을 끝없이 되풀이한다. 이러니 어찌 무덥지 않겠는가. 치산치수治山治水는 위정자의 본분이다. 본분을 잊고 해마다 이런 난리를 거듭하니 참으로 안타까운 일이 아닐 수 없다.

삼복 더위란 말도 있듯이, 초복·중복·말복의 삼복은 여름 중에서도 가장 더운 시기를 가리킨다. 삼복이 모두 지나고 처서도 지나 가을의 문턱에 들어선 지금 마지막 늦더위가 기승을 부리고 있다. 잠을 이루기가 그 어느 해보다 힘들었던 올해는, 한밤에도 더위를 잊으려는 사람들로 한강변이나 마을 어귀가 북적거렸다.

시하時下 염천지절炎天之節에…….

이런 안부 편지를 띄우고, 이열치열로 뜨거운 수제비 한 그릇을 비우고, 개울에 나가 발을 담그며 매미 소리에 한여름 무더위를 씻어내던 옛 선인들의 정취가 그 어느 때보다 그리웠던 여름이다.

이제 가을의 문턱이다.

섬돌 밑에 귀뚜라미 울면, 우리네 마음밭을 조금씩 가꾸어 볼 일이다.

이제 가을의 문턱이다. 섬돌 밑에 귀뚜라미 울면,
우리네 마음밭을 조금씩 가꾸어 볼 일이다.

가을

바람이 소리를 만나면…

가을에

어찌하여 스님은 스치는 바람결에 흰 눈썹을 나부끼며 천운의 뜨락을 거닐고 계셨는지. 아무런 말씀도 없이 굵은 단주만 굴리시며 그처럼 거닐고 계셨는지. 단풍이 곱게 물든 늦은 가을 오후, 스님은 어찌하여 떨어져 내리는 낙엽들을 그처럼 물끄러미 올려다보셨는지.

스님이 올려다보시는 저 높은 허공 어느 쪽, 거기 어딘가 둥지를 찾아 우짖으며 날고 있는 안행雁行의 철새 무리들. 스님은 철새들의 갈 길을 헤아리고 계셨을까. 한 발짝 한 발짝 걸으시는 듯, 아니 걸으시는 듯 그렇게 조금씩 발걸음을 떼어놓으시면서 깊어가는 가을의 허공, 그 안행의 무리들을 향해 무엇을 속 깊이 전달하고 계셨는지.

모른다. 한 발짝 한 발짝 떼어놓으시면서, 허공을 향해 눈을 두시던 스님의 내면을. 내 어찌 감히 스님의 뒷그림자를 밟을 수 있겠는가. 쿵, 기침 소리에도 깜짝 놀라 침몰하는 우매한, 삼세미몽의 중생이 어찌 스님의 혜안을 털끝만큼이라도 짐작할 수 있겠는가.

미명未明의 토함산 석굴암 앞뜰에서 석불로서, 석불의 따스한 정감으로서 뜨는 해를 맞으시던 스님의 모습. 범어사 내원의 선실에서, 선실의 뜨락에서 늘 허공을 응시하며 거니시던 스님의 모습.

나는 헐벗은 마음으로 학처럼 거니시던 스님을 그리워한다. 좀처럼 웃음을 보이지 않으시던 스님. 누비옷 한 벌로 일생을 지내시던 스님의 그림자를 그리워한다.

내 어찌 알겠는가. 내 어찌 감히 스님의 옷자락이라도 만져볼 수 있겠는가. 허나 이 새벽, 어쩐지 외로워지는 이 새벽에 숲속에서 들려오는 산새들의 울음소리를 들으니 새삼 스님이 그리워짐을 어찌하랴.

미몽에서 벗어나지 못하고, 아직도 감성의 굴레를 떨쳐 버리고 못하고, 이성의 산자락을 배회하는 못난 내가, 스님에 대한 기억을 되살리며 초라한 글을 긁적여 스님께 누를 입힌다.

스님.

아직도 안행의 철새들은 가을 저녁 허공, 하늘 저 멀리로 무리지어 날고 있습니다. 알 수 없는 신호를, 알 수 없는 대화를 나누면서 날고 있습니다.

이 새벽에, 흰 눈썹 바람결에 나부끼며 선원의 뜨락을 거니시던 스님이 새삼 뜨겁게 그리워진다.

추억 속의 옛 절

옛 절에 대한 추억은 내 기억의 저 깊은 갈피 속에 잠들어
있다. 굽이지고 굽이진 산길, 산토끼 다람쥐가 오고 가는
오솔길을 따라 숨을 들이쉬고 내쉬며 할머니 손을 잡고 올
라가던 저 먼 추억 속의 옛 절.

할머니는 내게 자꾸만 부처님을 향해 절을 시키셨다. 나
는 향내 자욱한 법당이 어쩐지 무서워 뛰쳐나오고 싶었지
만, 할머니는 내 손을 꼭 잡고 놓아주지 않으셨다.

가을걷이를 끝내고 밤도 따고 대추도 딸 즈음, 할머니는

깎은 내 머리를 어루만지시며 아버지와 어머니에게 이르시곤 했다.

"햅쌀은 부처님께 먼저 공양을 올려야 한다. 밤도 대추도 그렇다. 준비하거라. 내 곧 이놈을 데리고 절로 올라갈까 한다."

그 정답던 우리 할머니는 이제 이승에 계시지 않는다. 잡초 우거진 조그만 산등성이, 한 평도 채 되지 않는 동그만 무덤 속에 홀로 잠들어 계신다. 아직도 눈을 감으면 나무 껍데기처럼 꺼칠한 손으로 내 머리를 쓰다듬으시던 할머니의 손길이 그때처럼 따스하게 전해져 온다.

천 년의 바람소리가 들려오던 추억 속의 옛 절. 해가 지고 달이 뜨고 낙엽이 지는, 스산한 옛 절의 뜨락을 지금 나는 거닐고 있다. 할머니는 알고 계실까. 어린 손주의 손을 꼭 잡고 부처님께 절을 올리게 하시던 우리 할머니는 알고 계실까. 옛 절의 뜨락을 혼자 거니는 이 손주의 알 수 없는 외로움을 알고 계실까.

깊은 밤, 옛 절의 어둠은 더욱 깊고 아득해진다. 바람소리, 발 아래 쓸려 다니는 무수한 낙엽들……

산사 음악회

천 년 고찰이 들썩거렸다. 무려 육천여 명의 인파가 모였다. 그야말로 대 운집이었다. 음악회를 두어 달 앞두고 협찬을 받아서 안동, 영주 등지에 플래카드도 여럿 거는 등 그런 대로 여기저기 홍보를 했지만, 이렇게 많은 인파가 운집할 줄은 상상도 하지 못했다

청량사는 도량이 그리 넓지 않다. 골산骨山이라 암봉岩峯이 여기저기 불쑥 솟아올라 있고, 그 사이에 겨우 마련돼 있는 좁은 대지에 법당과 요사 등이 들어서 있다. 이런 판국이

니 육천여 명의 인파가 몰린 산중은 인산인해人山人海 그 자체였다.

청량산은 오지 중의 오지다. 봉화군 자체가 경상북도에서 가장 변방에 속하는데, 청량산은 그 봉화에서도 오지다. 이런 지역적 특성을 감안해서 인근 지역민들의 문화적 향수를 충족시켜 주고, 아울러 산과 절이 멀리 있는 것이 아니라 우리들 가까이에 있음을 느끼게 하기 위해 기획된 것이 산사 음악회다.

초가을 단풍이 조금씩 물들기 시작하는 주말, 사람들은 산의 경관과 옛 절이 빚어내는 아름다움에 젖어 청량산을 찾는다. 단풍은 산의 이곳저곳을 각양각색의 현란한 색채로 물들이며 세상사에 찌든 방문객들의 마음을 달래는 데 부족함이 없다. 천길 벼랑 사이사이에 꽃처럼 물들어 있는 단풍의 자태……. 사람들은 음악을 듣기 전에 벌써 자연에 취해 버렸다.

산사 다실 '바람이 소리를 만나면'에 들러 차를 마시며

자연이 주는 법문은 한량없다. 묵연히 오고 가는
사계의 흐름 속에 꽃을 피우고 잎을 떨구는 심묘한 이치를
오늘 이 봄날에, 다시 이 봄날에 음미해 보는 것이 어떠할는지.

삼삼오오 짝을 이루어 정담을 나누기도 하고, 법당 약사여래불 앞에서 백 배, 천 배를 올리는 불자들도 있었다.

산사 음악회는 무대가 따로 없었다. 산 전체가 무대였다. 법당을 중심으로 해서 조명이 암봉과 암봉 사이사이 절 전체를 비추었다. 장관이었고 장엄하기까지 했다. 마치 큰 무대인 산속에 작은 무대가 꾸며진 것 같았다.

노래하기 위한, 노래를 들려주기 위한 산속의 작은 무대.

깊어가는 산사의 가을 밤.

음악회는 그 서곡을 울리기 시작했다.

색깔 있는 가수 안치환, 노래하는 시인 한영애, 민중의 한恨을 실꾸리처럼 풀어내는 이 시대의 진정한 소리꾼 장사익 그리고 여러 국악인들이 동참해 주었다. 경내는 그야말로 환희의 도가니였다. 누가 누구랄 것도 없이 함께 손뼉을 치며 노래를 따라 불렀다. 출연자와 관객은 하나가 되어 깊어가는 산사의 가을밤을 찬미했다.

하얀 꽃 찔레꽃
순박한 꽃 찔레꽃

별처럼 슬픈 찔레꽃

달처럼 서러운 찔레꽃

찔레꽃 향기는 너무 슬퍼요

그래서 울었지

목놓아 울었지

찔레꽃 향기는 너무 슬퍼요

그래서 울었지

밤새워 울었지

아, 노래하며 울었지

아, 춤추며 울었지

아, 당신은 찔레꽃

덩실덩실 춤추며 신들린 듯 노래한 장사익의 〈찔레꽃〉
이다.

천 년의 울림

청량산 입구에는 강물이 흐르고 있다. 이 강물은 태백에서 발원하여 안동으로, 저 멀리 부산 다대포로 가서 이윽고 바다에 이른다. 낙동강이다.

두 번째 청량산 청량사 산사 음악회.

구름같이 산으로 올라오는 우리 불자들의 발자국 소리. 작년엔 우리 불자들이 육천 명이나 오셨는데, 오늘도 부산에서 광주에서 인천에서 안동과 포항에서 경주에서 우리 불자들이 다시 오셨다.

고마워요, 여러분.

무르익어 가는 가을, 때늦은 빗줄기가 붉게 물든 단풍잎들을 휘날리게 만든다. 천 년의 바람, 천 년의 소리. 귀 맑은 어느 선인이 있어 이 소리와 바람의 휘날림을 듣는가.

천 년 전, 아니 천이백 년 전 신라 신문왕 때, 청량산 청량사를 세우기 위해 의상 스님이 오셨을 때, 그때도 바람이 휘몰아치고 붉게 물든 단풍잎은 지고 있었으리라. 스님은, 의상 스님은 지팡이를 짚고 금탑봉 암벽에 비끼는 저녁 노을을 바라보면서 바람소리에 귀를 기울이고 계셨을까. 돛이 없는 배, 조그만 목선이 청량사 입구의 강기슭에서 홀로 흔들리고 있었을까. 스님께서는 이 조그만 목선을 타고 머나먼 신라 서라벌을 오고 가시면서 유리보전과 외청량 응진전을 마음속에 새기며 기도하고 계셨을까.

시나위 한 자락 울려 퍼지고 만산에 가득한 청중들이 화답한다. 청중들은 모두 하나가 되어 환호한다. 부처는 무엇이고 보살은 무엇인가. 노래 한 자락에 웃고 울며 화답하는 이 모든 청중들이 곧 부처고 보살이 아니던가.

난타, 징을 치고 북을 치고 꽹과리를 치고 가슴을 치며 뜨거운 애정으로 깊은 가을밤을 녹인다. 깊어가는 가을밤의 적막을 깨고 산사 음악회는 절정을 향해 치닫는다. 모두 한마음으로 따뜻하게 동참하는 칠천여 명의 청중들.

한복을 예쁘게 차려 입은 오정해 보살이 노래를 부른다. 곡목은 〈여인〉이다. 여인이 부르는 여인의 노래.

어디인지 알 수 없지만 부르는 소리가 들려

누구길래 사무치게 내 이름 불러주나

가지마다 그림자 지고 거리엔 바람이 불어

창문 너머 나무 사이로 누군가 기다려요

어디선가 들려오는 나를 부르며 애타는 모습

하얀 얼굴에 저 여인은 누구인가요

아, 여인

아, 여인

달이 뜨고 바람이 불면 희미한 그림자 지고

달빛어린 싸늘함에 가슴이 설레이네

알 수 없는 저 여인은 나를 찾으며 날 오라 하네

긴 머리에 저 여인은 누구인가요

아, 여인

아, 여인

아, 여인

바람이 소리를 만나면…

험한 계곡을 메우고, 축대를 쌓고, 길을 내고, 그러다 보니 공간이 생겼다. 원래 의도는 종각을 만들기 위해서였다.

청량산은 바위산이다. 터가 없다. 그래서 고심 끝에 큰 마음을 내어 바위 투성이인 계곡을 메웠고, 그 공사 끝에 터가 생겼다. 종각을 짓고 난 후 남는 공간에 조그마한 찻집을 지어 오고 가는 이들과 차 한 잔 나누기로 했다.

이름 하여 '바람이 소리를 만나면'.

참으로 어려운 시절이었다. 매우 덥고 무척 추웠다. 허나 견디기 위해 노력했다. 생각해 보면 인간에게 주어진 절망과 희망이란 모두가 함께 나누라고 주어진 듯하다. 그때 함께했던 이들이 없었던들 내 어찌 그 시간을 견뎌낼 수 있었을까. 그들과 함께 키워 온 희망이 없었던들 내 어찌 이 작은 휴식을 생각이나 했겠는가.

바람이 방문을 두드리던 어느 날 밤, 문을 열고 가만히 앉아 있었다. 고요했다. 고요해서, 너무나 고요해서 눈물이 날 지경이었다. 가을밤에 귀뚜라미는 왜 그리도 울어대는지……. 문득 어느 보살님의 죽음이 떠올라, 섬돌 밑에서 울어대는 귀뚜라미 소리에 가슴이 흔들렸다.

삶은 가난이나 육체적인 고통보다는, 사람과 사람이 만나서 사랑하고 아파하고 헤어지는 과정 때문에 더 견디기 어려운 것 같다. 그렇다고 우리네 만남을 두려워할 필요가 있을까. 그리운 것은 그리운 대로 놓아두고, 떠난 사람은 떠난 대로 생각하지 않는 것이 좋다.

새벽이 오고 있다. 왠지 비가 올 것 같다. 하지만 우리는 따뜻한 가슴으로 만나자.

바람이 소리를 만나면

꽃이 필까 잎이 질까

아무도 모르는 세계의 저쪽

아득한

어느 먼 나라의 눈 소식이라도 들릴까

바람이 소리를 만나면

저녁 연기 가늘게 피어 오르는

청량의 산사에 밤이 올까

창호문에 그림자

고요히 어른거릴까

초옥草屋에서

청량사 소임을 맡아 내려오기 전, 도반과 두어 철 토굴에서 보낸 적이 있다. 이때 사찰 음식을 하는 비구니 지우 스님과 스님의 도반 두 분이 황감하게도 내가 사는 산간벽지의 후미진 토굴로 찾아왔다.

지우 스님은 특유의 섬세함과 꿋꿋함이 돋보이는 분이다. 스님은 도반들과 함께 이틀 간이나 머물며 맛깔스런 반찬들을 해주었다. 파래와 동박을 이용한 튀각, 애호박 소박이, 표고버섯 된장찌개 등 혼자서는 해 먹을 수 없고, 해 먹을 엄두도 못 내는 반찬들을 만들어 주었다.

아무도 찾아오지 않는 산간벽지의 적막한 토굴에 그이들의 웃음소리가 만발했다. 모처럼 사람 냄새가 나고, 사람 사는 집처럼 활기가 넘쳤다. 볼품없는 작은 토굴이었지만 그이들이 쓸고 닦고 털어낸 덕분에 집 안팎은 윤기가 흘렀다.

왜 꼭 혼자 떨어져 살아야 하는가. 과연 그럴 필요가 있는가. 그럴 만한 가치가 있는가. 모름지기 대중과 더불어 대중 속에서 살아가야 하지 않겠는가. 서로 탁마琢磨하며 채찍질하며 배우고 익히고 다독거리며 사는 게 정도正道가 아니던가. 그렇다면 나의 외딴 토굴살이는 그것에서 벗어난 삶이 아니던가. 제대로 난 길을 두고, 어찌 쑥대 굴헝 우거지고 인적 끊긴 험로를 택해 걸어가려 한단 말인가.

마당 한켠에서 바쁘게 움직이는 그이들을 물끄러미 바라보면서 나는 느닷없이 이런 맹랑한 망상을 굴리고 있었다. 대중과 함께하라는 신호음이 나를 윽박지르기 시작했다. 지우 스님 일행을 따라 그만 하산해 버릴까 하는 생각이 뇌리를 스치고 지나갔다.

붉게 물든 나뭇잎들이 소슬바람결에 떨어져 내렸다. 초

옥 뒤쪽, 두어 그루 감나무의 감들이 빨갛게 익어가고 있었다.

그래, 감을 따자. 쓸데없는 망상은 접고 감을 따자.

나는 그이들을 독려하여 장대를 들고 후려치며 감을 땄다. 무에 그리 좋은지 그이들은 떨어진 감을 광주리에 주워 담으며 연신 까르르 웃어댔다. 곶감을 만들기 위해 감을 깎아 처마 끝에 내걸고, 푸른 기가 도는 단단한 놈들은 간장독과 된장독에 장아찌로 박아 넣었다.

늦은 저녁 공양을 함께 들며 우리는 오랫동안 이런 저런 이야기를 나누었다. 땅거미가 내리는 산자락 끝에 다람쥐 한 마리가 도토리를 까먹고 있었다.

감기 들면 곶감 서너 개와 생강을 같이 넣어 끓여 마시면 콧물과 기침이 멎는다는 당부를 보태고 나서 지우 스님 일행은 이튿날 나의 초옥을 떠나갔다.

정좌

한밤중, 불을 끄고 가만히 앉아 있다. 앉아 있으면 평화롭다. 선禪이라 하지 않고 그냥 '앉아 있음' 이라고 말하고 싶다.

불을 끄고 어둠 속에 앉아 있는 시간은 혼자만의 절대 행복이다. 아무것도 보이지 않음으로 해서 오히려 충만하고, 보이지 않던 저 모든 외계外界의 사물들이 보이기도 한다. 아니, 사물이 아니라 투명한 하나의 빛이다. 그 빛은 허상을 허물고 어떤 극점極點을 만나게 한다.

창밖에 비가 내린다. 이런 때 듣는 빗소리는 정겹고 아득하다. 앉아 있으면 어찌 빗소리뿐이겠는가. 빗소리는 조용히 흘러내리는 잔잔한 물소리 같다가도, 어느 순간 망망대해茫茫大海 우람한 파도 소리 같기도 하다. 광풍이 휘몰아치고 철썩거리는 파도 소리는 이 언덕, 저 언덕을 쉴새없이 무너뜨린다. 이 계곡, 저 계곡을 휩쓸고 다니는 바람의 무리들. 가까이에선 듯, 멀리에선 듯 들려오는 계곡 물소리……

지금 비는 산창山窓을 두드리며, 자고 있는 떡갈나무 잎들을 흔들어 깨우고 있다. '귀찮아, 귀찮아' 하면서 떡갈나무 잎들은 잠시 깨어났다 다시금 잠이 든다. 빗소리는 너무 깨끗하고 순수해서 세상을 어지럽히지 못한다. 그저 깊고 깊은 소리로 남아 한밤을 적실 뿐이다.

떡갈나무 잎들을 스치는 빗소리가 깊어지고 있다. 조주 선사의 '뜰 앞의 잣나무'도 '마른 똥막대기'도 스치는 빗소리에 지워진다.

붓다께서는 손을 들어 말씀하셨다.

"나는 오로지 길을 가리킬 뿐이다."

그 길이 어디인가. 막막한 지평선 너머, 짙푸른 대해大海의 저쪽 어디쯤 그 길의 한 자락이 숨어 있을까.

앉아 있다 보면 어느덧 새벽 예불을 알리는 도량석 목탁 소리가 들려오고 창호문에 새벽빛이 어린다. 이윽고 잠에서 깨어난 새들이 노래하기 시작한다.

아침이 되자 모든 것들이 유정有情하다. 발끝에 채이는 돌멩이 하나, 무심히 어깨 위로 떨어져 내리는 늦가을의 붉은 나뭇잎 하나, 비 온 뒤 창턱으로 기어올라 방안을 엿보는 조그만 청개구리 한 마리, 굵은 눈망울로 젖은 마당을 천천히 기어 다니며 긴 혓바닥으로 냉큼 파리를 잡아먹는 두꺼비 한 마리, 돌담 밑에서 저 혼자 반짝거리는 깨진 사금파리 한 조각…….

모든 것은 유정有情하다.
물은 흘러도 그 언저리에 소리가 없으니,
시끄러운 곳에서도 고요한 멋을 얻을 것이오,
산은 높건만 구름이 거리끼지 않으니
유有에서 나와 무無로 들어가는 기틀을 깨달으리라.

"이놈아, 이 중놈아……. 자주 좀 놀러 와라. 심심해서 못살겠다."
뽀얗게 분칠한 얼굴엔 주름살이 깊고
염색하여 쪽진 머리엔 은비녀가 서러웠다.

청량산 특공대

청량산 입구에서 가파른 산길을 이십여 분 올라가면 산 중
턱에 작은 마을이 있다. 이 마을에선 특산물이 나는데, 바
로 '토종 대추' 다. 요즘 대추는 개량종이라 굵고 빛깔도 좋
다. 그런데 재래종인 토종 대추는 알이 아주 작고 볼품도 없
다. 허나 그 약효는 빼어나다.

　식물은 땅이 비옥하면 비옥할수록 잘 자란다. 그러나 이
토종 대추란 놈은 다르다. 토종 대추는 척박한 땅이라야 잘
자란다. 여기저기 큼직한 돌들이 박혀 있고, 바람 불면 먼

지가 푸석푸석 날리는 토양에서 비비 꼬이고 말라빠진 몸매를 하고 버틴다. 모진 풍상에 시달리며 알토란 같은 열매로 거듭나는 것이다.

청량산 중턱 마을의 사람들은 토종 대추를 내다 팔아 자식들을 공부시킨다. 안동이나 영주에 방을 얻어 공부를 시킨다.

이상하게 이 마을엔 남정네가 별로 없다. 마을 사람 대부분이 아주머니들이다. 그 아주머니들은 이 마을 토종 대추를 꼭 닮았다. 모진 풍상에 시달리면서도 열매를 맺고 가을이면 수확의 기쁨을 안겨주는 대추알처럼 이 마을의 아낙들도 야무지다.

이 아주머니들은 청량산 청량사엔 없어서는 안 될 보물이다. 굳이 별칭을 붙인다면 '청량산 특공대'다. 그들은 각종 행사 때면 빠짐 없이 올라와 며칠씩 일을 한다. 온갖 궂은 일은 모두 이 아낙들의 몫이다.

불과 십여 년 전만 해도 청량사에선 겨울 난방을 나무로 해결했다. 그래서 스님들과 아낙들이 힘을 합해 몇 달씩 '나무 울력'을 하느라 땀깨나 쏟곤 했다. 그러나 그 나무 울력도 계속할 순 없었다. 청량산이 도립공원인지라 관에서 나무 울력을 금했기 때문이다.

이때부터 연탄을 때기 시작했다. 물론 그 연탄을 나르는 일 역시 마을 아낙네들, 그러니까 청량산 특공대의 소임이었다. 큰 고무통에 연탄을 몇 장씩 담아 이고 산을 오르거나, 지게로 져 나르기도 했다. 이천 장, 삼천 장 분량의 그 많은 연탄을 그들은 그렇게 날랐다.

청량산 중턱의 작은 마을, 그곳엔 오늘도 순하디 순한 눈매의 아낙들이 이른 아침부터 밤늦도록 쉬지 않고 일하며 하루하루를 열심히 살고 있다.

그리운 두 여인

상생화上生華 보살은 동기童妓였다.

쉰 살 조금 넘은 보살의 얼굴엔 동기적 앳됨이 아직도 남아 있어, 호호호 웃을 때의 잔주름이 보는 이를 안타깝게 했다. 작은 키, 아담한 몸매의 그이가 한복 차림새로 저녁나절의 절간 뜨락을 거닐면 둥지를 찾아 날던 새들이 그이를 향해 울어 주었다. 가얏고 퉁기던 그이의 오른손엔 보리수 백팔 염주가 들려 있고, 남도 창가락이 구성지게 넘어가듯 그이의 입술엔 관세음보살이 줄을 이었다.

서쪽 하늘 빗기는 노을을 바라보며 그이가 간절하게 기구(祈求)한 것은 과연 무엇이었을까.

어둠이 깔리기 시작하는 뜨락에 망연히 서 있던 상생화의 모습. 나는 그이가 언제 이승을 떠났으며, 그이의 무덤이 어느 산자락에 있는지 알지 못한다. 가끔씩 눈시울을 붉히며 돌아앉던 그이가 이제 이승에 존재하지 않는다는 사실만이 가슴 시리게 다가올 뿐이다.

내게는 어머니이고 관세음보살이었던 상생화는 고운 주머니를 하나 남겨주고 떠났다. 남쪽 마을에 봄이 오고 버들개지가 새 움을 틔우면, 찾는 이 없는 상생화의 무덤엔 찔레꽃이라도 몇 떨기 피어날까. 서러운 그이의 영혼이 아지랑이처럼 그 위에 어리고 있을까······.

상생화의 동생, 수련화水蓮華. 그이도 동기였다.

대청마루에 앉아 종일토록 화투패를 떼며 무언가를 흥얼거리던 수련화 보살. 소주 한 잔 먹고, 담배 한 대 태우며 누구 혹시 놀러 오지 않나 연신 대문께로 눈길을 주던 그이. 뽀얗게 분칠한 얼굴엔 주름살이 깊고 염색하여 쪽진 머리엔 은비녀가 서러웠다.

"이놈아, 이 중놈아……. 자주 좀 놀러 와라. 심심해서
못살겠다."

"네놈 나이 먹으면 암자 하나 지어줄게. 상생화랑 나랑
함께 살면 오죽 좋아……."

열두 살의 내 머리를 쓰다듬으며 한숨처럼 토해내던 수련
화 보살. 보살은 가끔 빛 바랜 사진을 꺼내 보여주곤 했다.

"자, 보아라. 얼마나 이쁘냐. 참 좋은 시절이었지……."

장구를 어깨에 멘 아리따운 여인이 사진 속에서 웃고 있
었다. 가얏고를 무릎에 안은 아리따운 여인이 사진 속에서
웃고 있었다.

빛 바랜 사진들을 바라보며 연신 담배를 피워 물던 수련
화 보살. 그이는 그 사진 속으로 들어가서 옛날처럼 장구를
치고 가얏고를 뜯으며 살고 싶어했을까. 가슴을 오래 앓아
피를 토하던 그이. 그이가 토한 선홍빛 객혈처럼 점점이 무
늬져 있는 아픈 삶의 흔적들…….

늦가을 햇살이 따사로운 어느 날, 그이는 언니 상생화의
무릎을 베고 먼 나라로 떠났다. 수련처럼 살다간 수련화

보살.

그 영혼도 오늘 같은 날, 뒷산 뻐꾸기 울음소리로 우리네
곁으로 다가오고 있지 않을까. 다가와서 예전처럼 웃으며
속살거리고 있지 않을까…….

우리네 만남을 두려워할 필요가 있을까.
그리운 것은 그리운 대로 놓아두고,
떠난 사람은 떠난 대로 생각하지 않는 것이 좋다.

밤에

이 밤의
그윽한 꿈길을 더듬어
깊은 산골을
헤매고 싶다.

작은 오두막이 있는
그곳엔
늙은 부부가

도토리를 주우며
오늘도
살고 있을까.

굵은 주름살로
서로 손을 잡아 주며
먼 산
떠가는
흰 구름 보고 있을까.

이 밤의 조그만
정적을 넘나들며
깜박이는 호롱불 하나
만나고 싶다.

부용산 횡계리

십이삼 년, 아니 이십이삼 년 전이었던가. 막막한 어둠 속 같은 저 먼 기억을 헤집고 꿈결처럼 그 마을의 풍경을 떠올려 본다.

부용산 횡계리, 그곳은 참으로 멀고 멀었다. 내가 왜 이 험하디 험한 산을 몇 구비 넘고 넘어 우렁찬 물소리 더듬어 찾아왔던가.

하루 지나고 이틀이 지나고 오늘은 사흘째. 허나 부용산은, 부용산 횡계리는 보이지 않는다. 분명히 부용산은 있고, 그 안자락에 횡계리가 있다 들었다. 자욱한 운무가 서려 있는 골짜기를 더듬어 오르고 또 오르는 부용산을 향한 미묘한 그리움. 과연 부용산은 있는 것인가. 부용산 안자락에 횡계리란 마을이 진실로 존재하고 있는 것인가.

허나 믿고 있다. 분명히 부용산은 있고, 그 안자락에 횡계리란 작은 마을이 있음을 믿고 있다.

후두두 비가 내리기 시작한다. 비는 나그네의 전신을 적신다. 횡계리, 횡계리를 찾아가고 있다. 그런데 왜 이리 힘이 드는가. 운무가 자욱하다. 이 운무 헤집고, 그러나 나는 부용산을 향해 가야 한다. 횡계리에서 누군가 나를 기다리고 있다. 그가 누구인지, 왜 나를 기다리고 있는지 나도 모른다.

부용산 횡계리, 지금 눈이 올까 비가 올까. 늑대의 울음소리가 온 산천을 휘돌며 소용돌이 치고 있을까. 내가 지금가고 있는, 내가 꼭 만나고 싶은 그 사람은 한밤중 깨어나 늑대의 울음소리를 듣고 있을까. 바람소리를 휘몰아치는 늑대들의 울음소리를 듣고 있을까. 횡계리를 향한 이 발길은 왠지 서툴다.

지금 눈이 오면 비가 오면 후두두 낙엽이 지면, 내가 찾아가는 그 사람의 작은 집 굴뚝에 연기가 피어 오를까. 고요한 밤, 종소리를 듣고 꿈 속의 꿈을 불러 깨우며 맑은 못의 달 그림자를 몸 밖의 몸이 엿보는구나.

횡계리에서의 죽음은 죽음이 아니다. 끝없는, 말이 없는 하나의 기억일 뿐이다.

산사의 하루는 저물고

멀리 있는 것이 아름답다고 했던가. 멀리 있는 것이 더욱 보고 싶고 그리워진다고 했던가.

초가을, 국화향 은은한 뜨락에 법회를 위해 오신 신도들의 웃음소리가 가득하다. 오늘따라 도반 법여 스님이 생각나는 것은 무슨 까닭인가.

도반 법여 스님은 아주 멀리 있다. 인도 델리 대학에서 산스크리트어와 팔리어 원전을 공부하던 그는, 언젠가는 고국으로 돌아와 후학들에게 모든 걸 회향하겠노라고 입버

지금 눈이 오면 비가 오면 후두두 낙엽이 지면,
내가 찾아가는 그 사람의 작은 집 굴뚝에
연기가 피어 오를까.

룻처럼 말하곤 했다. 허나 그는 이제 내 곁에 없다. 법여 스님은 뇌졸중으로 쓰러져 먼 나라 인도에 조그만 부도 하나로 남아 있을 뿐이다.

법회를 알리는 종소리가 들린다. 미명에서 깨어나듯 나는 법여 스님의 기억에서 벗어나 일상으로 되돌아온다. 그리고 국화향 은은하고 웃음소리 가득한 산사의 뜨락을 밟으며 법당으로 향한다.

말이 있는 것보다 말이 없는 것이 낫다고, 침묵 속에서 고요한 영원을 만날 수 있다고, 그리하여 부처님과 가까워질 수 있다고 하며 조촐한 법회를 끝낸다. 신도들과 점심 공양을 같이 하고 작설차를 나누어 마시며 초가을 앞산을 무연히 바라보았다.

이렇게 산사의 하루는 저물고, 모두 떠난 뜨락엔 국화향만이 은은히 떠돌고 있을 뿐이다. 이제 곧 무서리가 내리고 낙엽이 지겠지. 낙엽 지는 뜨락에서 또 한 해를 마감하는 의식을 치러야겠지.

초가을 산사의 하루는 저물고 있다.

소리의 심연

어찌 밤에는, 깊은 밤에는 계곡 물소리가 저처럼 드높아지는지 모르겠다. 숲을 흔드는 바람소리 또한 저처럼 드세게 들리는지. 아마도 산천의 온갖 사물들이 숨을 죽이고 있기 때문이리라. 고요만이 충만하여 들리는 것이라곤 오직 물소리와 바람소리뿐이다.

바람소리에 귀기울이고 있을라치면 내 스스로가 깊은 연못 속으로 침잠해 들어가는 기분이다. 소리의 심연 속으로 빠져드는 것 같다. 소리와 일체가 되면 밤이 점점 깊어가는 것도, 다시 뿌옇게 여명黎明이 서리는 것도 모르고 그저 가만히 앉아 있게 된다. 뜻 모를 평화와 안식이 마음 저 밑에서 스멀스멀 밀려오기 때문이다. 참으로 소중한 시간이다. 이렇듯 혼자만의 시간을 아끼고 아끼면서 저만치 잠을 밀어내고, 충만한 고요를 밀치면서 들려오는 물소리와 바람소리에 모든 것을 맡긴다.

상머리에 켜둔 촛불이 문틈으로 스며드는 바람에 일렁인다. 일렁이는 촛불을 응시하고 있다가 손을 들어 불을 껐다. 그러자 보름을 얼마 앞둔 달빛이 환하게 방문에 어린다. 밤은 깊고 그윽하다.

옛 큰 스님이 이르기를, "대 그림자가 섬돌 위를 쓸어도 티끌은 움직이지 않고, 달빛이 못을 뚫어도 물에는 자취가 없다." 하였고, 옛 선비가 이르기를 "흐르는 물은 아무리 빨라도 둘레는 고요하고, 꽃은 자주 지지만 마음은 스스로 한가롭다." 하였다.

무릇 사람이 이 뜻을 항상 마음에 새기고 사물을 접한다면 몸과 마음이 얼마나 자유로우랴. 근심 걱정을 잊고 번뇌와 망상을 떨쳐 버리고, 오직 자연의 법칙과 순리에 따라 도

심도心道을 키워간다면 얼마나 좋으랴. 주어진 여건에 따라 자족自足의 삶을 가꾸어 나갈 수만 있다면 얼마나 좋으랴. 그리하면 어찌 서로 죽고 죽이는 전쟁이 일어나겠으며 미움이 싹틀 수가 있겠는가.

문을 열고 나가 달빛의 뜨락을 잠시 거닌다. 선뜻한 냉기가 옷 속으로 스며든다. 이제 곧 겨울이 찾아오겠지. 눈이 오고, 찬바람이 산하대지에 몰아치겠지. 그러면 또 한 해가 가겠지.

계곡 물소리는 점점 더 드높아지고, 숲을 흔드는 바람소리도 드세졌다. 한 치 앞도 내다보지 못하는 것이 우리네 인생사가 아니던가. 먹을 것이 넉넉하면 갈라 먹고, 입을 것이 풍족하면 나눠 입고, 그렇게 풍진 세상 삶을 꾸려갈 수는 없을까. 이웃에 대한 배려가 참으로 아쉬운 요즘이다.

달빛의 뜨락을 거닐며 밤이 연출하는 소리의 심연 속으로 빠져든다. 오늘 밤은 참 깊고 그윽하다.

조촐한 대화

가을이 깊어가고 있다. 온 산천이 붉게 물들어가고 있다. 며칠 전엔 첫 서리도 내렸다. 이맘때면 나무들은 그동안 입고 있던 옷을 벗어버릴 채비를 한다. 그러기 위해 마지막 단장을 하듯 잎을 물들인다.

사람과 달리 자연은 순리대로 흐름에 따른다. 그 흐름을 한 치도 거역하는 법이 없다. 봄이 오면 새 움을 틔우며 파릇파릇 새 단장을 하고, 여름에는 한껏 자신의 위용을 자랑하고, 이렇게 가을이 깊어지면 미련 없이 옷 벗을 채비를 한

다. 그리고 가진 것 없는 나목裸木으로 서서 길고 혹독한 겨울을 견뎌낸다. 폭설과 찬바람 속에서 스스로의 팔다리를 잘라가며 꿋꿋하게 견뎌낼 채비를 하는 것이다.

사람은 꾀를 부리되 자연은 꾀를 부리지 않는다. 마음을 비우고 무심하게 살아가는 도인처럼 자연은 자연의 법을 어기지 않는다. 흐름을 거역하지 않는 자연의 무상심심 미묘법을 우리는 배워야 한다. 그리하여 자연과 가까워져야 한다. 자연과 가까워질수록 사람은 덕스러워지고 여유로워지고 편안해진다. 자연과 동화되면 자기만의 이익을 위해 머리를 굴리고 눈치를 살피고 꾀를 부리는 인간사의 이쪽저쪽, 그 번잡스런 번뇌와 탐욕의 굴레에서 잠시나마 벗어날 수 있기 때문이다.

자리이타自利以他, 자기보다 남을 위한 보시행布施行을 한번쯤 해볼 일이다. 그리하면 마음 한구석이 훈훈해지고 행복해진다. 궁핍하고 외로운 삶을 살아가는 이 땅의 이웃들에게 다정한 마음을 베풀고, 따뜻함을 함께 나눌 때 탐욕과 번뇌의 굴레는 저만치 멀어지지 않겠는가.

흐르는 물은 아무리 빨라도 둘레는 고요하고,
꽃은 자주 지지만 마음은 스스로 한가롭다.

요즘은, 자고 나면 산색山色이 달라져 있다. 공기도 차츰 서늘해져간다. 서리가 내린 뒤로 바람이 불면 나뭇잎들이 한층 더 많이 떨어져 내린다. 바야흐로 조락凋落의 계절이 다가온 것이다. 가을은 결실의 계절이자 별리別離의 계절이기도 하다. 헤어지고 떠나가듯 달라지는 산색이, 붉게 물들어가는 앞산의 풍광이 그것을 말해주고 있다.

단풍도 구경하고 부처님께 절하기 위해 멀리서, 서울에서 대구에서 부산에서 보살님들이 많이 오신다. 만산홍엽, 붉게 물든 단풍을 바라보며 보살님들은 연신 탄성을 터뜨린다. 그들의 두 뺨에 단풍색이 배어들어 어린아이처럼 발그레 홍조를 띤다.

나는 그들과 마주 앉아 그간의 안부를 주고받으며 차를 나눈다. 무엇이 그렇게 좋은지 그들은 웃음을 그치지 않는다. 나 또한 즐거워 같이 웃는다.

지금, 어떤 무상無上의 설법이 필요하랴. 이렇게 같이 만나 차를 나누며 웃는다는 게 참으로 좋지 아니한가.

조촐한 대화가 이어지는 가운데, 가을 오후는 맑은 햇살 속에서 영글어간다.

빈 들판을 지나며

추수가 끝난 빈 들판에 왜가리 몇 마리가 뜀박질을 하고 있다. 뜀박질하다 멈추어 서더니 여기저기 흩어진 낟알을 주워 먹는다. 고개를 들어 하늘을 보니, 맑은 하늘에 흰 구름 몇 조각이 두둥실 떠 있다. 왜가리들은 목을 길게 빼고 한가로이 떠 있는 흰 구름 쪽으로 시선을 둔다. 신기한 듯, 알 듯 모를 듯한 표정으로 한참이나 눈길을 거두지 않는다.

그들은 이내 다시 푸르르 날아오르기도 하면서 낟알을 주워 먹다가 가끔 목을 길게 빼고 허공으로 눈길을 주더니 이윽고 뒷산 솔숲의 둥지를 향해 일제히 날아오른다.

왜가리들이 떠난 빈 들판은 고적해진다. 오후의 가을 햇살만이 쏟아져 내릴 뿐이다. 추수가 끝난 빈 들판은 아무도 찾지 않는다. 여기저기 쌓아놓은 짚단만이 가을 햇살을 받으며 인기척 하나 없는 들판을 지키고 있다.

활시위를 당기는 손, 시위를 놓으면 화살은 과녁을 향해 날아간다. 조금도 주저하지 않고. 팽팽하게 시위를 당기는 손, 과녁의 중심을 바라보며 화살을 내보내기 직전의 그 긴 장감이 빈 들판에 감돈다. 화살은 아직 날아가지 않았다. 시위에 걸려 있다. 백척간두에서 화두의 끈을 놓지 않고 서 있는 옛 선사의 기개가 떠오른다. 옛 선사의 무서운 기개가, 웅혼함이 어찌 이와 같지 않으랴.

얼마 후면 왜가리들은 따뜻한 남쪽 나라를 향해 떠나갈 것이다. 그곳에서 추운 겨울을 보내고, 모심기 철이 가까워오면 다시 찾아올 것이다. 봄이 오면 그들의 흰 자태처럼 눈 밝은 선객 한 사람 표표히 이 땅에 출현하지 않을는지……. 추수가 끝난 빈 들판을 지나며 내 마음 한켠이 스산해짐을 어찌하지 못한다.

경제가 어려워지고 정치가 어려워지고 있다. 나라 전체가 부도의 회오리바람 속에서 전전긍긍하던 외환 위기 때보다 지금이 더 어렵다고 아우성이다. 어쩌다 이리 되었을까. 그때 그 어려움을 교훈삼아 허리띠를 졸라 매고 가정과 나라 경제를 돈독하게 꾸려 나갔다면 오늘과 같은 어려움은 닥치지 않았을 것이다.

형편이 조금 풀렸다고 해서 마음을 놓고 한 푼 써도 될 것을 두 푼 쓴 결과가 이 난국을 초래한 근본 원인이다. 그럼에도 아직도 잘못을 깨닫지 못하고 흥청망청 써대는 사람들이 있으니 그저 놀라울 따름이다.

얼마 전 텔레비전 뉴스에 연휴를 맞아 동남아 쪽으로 골프 관광을 떠나는 이들이 공항에서 북새통을 이루고 있는 장면이 보도되었다. 자기 주머니가 좀 넉넉하다고 해서 대다수 국민들의 숨 막히는 듯한 어려움을 못 본 체하고, 그것도 해외로 호화 관광을 떠나는 이들의 머릿속엔 과연 무슨 생각이 들어 있는지 궁금하고 의아하다.

이런 자들 가운데에는 세금을 포탈하고, 의료보험료를 일반 봉급 생활자보다 적게 내고, 한술 더 떠서 생활보호대

상자로 등록된 사람까지 있다 하니 기가 막힐 노릇이다. 이러고서 어찌 나라가, 사회 전체가 무탈할 수 있겠는가.

이에 뒤질세라 정치판은 더욱 혼미하다. 대선이 끝난 지 얼마나 되었다고, 새 대통령이 취임한 지 얼마나 되었다고, 재신임을 묻는 국민 투표를 실시하겠다고 한다.

여야를 불문하고, 일반 부처와 지방자치단체와 대통령을 측근에서 보좌하는 청와대 비서진들까지 뇌물을 받아먹었다는 보도가, 하루가 멀다 하고 신문의 머릿기사를 장식하고 있으니 대통령인들 심기가 편했겠는가. 이래서는 도저히 안 되겠다고, 뭔가를 새롭게 결행해야겠다고 나온 것이 국민 투표 아니겠는가.

기가 찰 노릇이다.

이제 가을걷이도 거의 끝나가고 찬바람 부는 계절이 성큼 다가왔다. 올바른 마음을 가진 우리 국민들만이라도 따뜻한 마음가짐을 잃지 말고, 오늘도 기운차게 걸어가도록 하자.

바람이 소리를 만나면 꽃이 필까 잎이 질까
아무도 모르는 세계의 저쪽
아득한 어느 먼 나라의 눈 소식이라도 들릴까.

산사의 차茶

다선일여茶禪一如 다선일미茶禪一味.

차와 선은 둘이 아닌 하나요, 차를 마시며 그 맛을 음미하며 선의 경지에 든다는 뜻이다. 우리 선인들은 그만큼 차를 소중히 여겼으며, 그에 비례하여 차를 가꿈과 만듦, 차를 우림과 마심에 대해 예의 있고 어긋남이 없는 올바른 도가 생성되어 왔다. 그것을 일러 흔히 다도茶道라고 한다.

차를 그냥 음용하는 데서 그치는 게 아니라, 그 우림과 마심을 통해 도道의 곁으로 다가가고자 했던 것이다.

다도는 흔히 일본에서 유래했다고 생각하지만, 그것은 잘못 알고 있는 것이다. 일찍이 삼국시대부터 차는 있어 왔고, 특히 사찰에선 헌다의식이 확립돼 있었다.

신라 경덕왕 때의 충담 스님은 매년 3월 3일과 9월 9일에 차를 달여 경주 남산 삼화령의 미륵세존께 공양을 올렸다.

《삼국유사》에 따르면 어느 해 봄, 왕이 신하들을 거느리고 누대에 나가 앉아 큰 스님 한 분을 모셔오라 일렀다. 신하들이 마침 거리를 지나던 깨끗하고 위엄 있는 스님 한 분을 모셔왔으나 왕은 그를 물리쳤다. 신하들이 다시 한 스님을 모시고 왔다. 그 스님은 납의衲衣를 걸치고 어깨엔 대나무 통을 메고 있었는데, 통 속엔 다구가 들어 있었다.

왕이 스님으로부터 내력을 듣고 "나에게도 그 차를 한 잔 나누어 주겠는가?" 했다. 이에 스님이 곧 차를 따라 올리니 왕이 매우 기뻐하였다. 그 스님이 다름 아닌 충담 스님이다.

삼국시대를 거쳐 고려와 조선에서도 차 문화는 면면히 이어져 왔다. 특히 조선 초기의 매월당 김시습은 그의 기행奇行과 숱한 일화 못지않게 차에 심취했던 것으로 알려져 있다. 그리하여 '매월당 다법茶法'이란 특유의 다법을 구현해내기도 했다.

조선조 말엔 해남 대흥사 일지암의 초의 선사가 선다일여禪茶一如의 경지에 들어 그 가풍이 한반도뿐 아니라 멀리 중국과 일본에까지 미치지 않은 곳이 없었다. 초의 선사는 일지암에 머물면서 그의 지기知己 추사 김정희가 귀양 가 있는 제주도에까지 서찰과 함께 차를 보냈다. 적소의 땅에서 받는 차 한 봉지가 추사 그를 얼마나 뭉클하게 만들었겠는가.

초의 선사는 일지암에서《동다송東茶頌》등 차에 관한 저서를 집필하기도 했다. 이러한 옛 문헌과 설화를 들지 않더라도, 차는 오래전부터 우리 민족에게 전승되어 왔음을 가늠할 수 있다. 그러므로 차 문화는 일본에서 건너온 것이 아니라, 우리 땅에서 건너갔음을 미루어 짐작할 수 있다. 아니, 확언할 수 있다.

사찰에서의 헌다의식은 그 맥이 끊어질 듯하다가, 근래에 와서 부활의 움직임을 보이고 있어 반갑지 않을 수 없다. 청량사 청량다회는 부처님 오신 날이나 개산대재開山大齋 등 주요 행사 때마다 헌다의식을 열고 있다.

가을이 깊어가고 있다. 온 산천이 붉게 물들어가고 있다.
며칠 전엔 첫 서리도 내렸다.

바야흐로 연꽃의 계절이다. 올해는 특히 그 어느 때보다 연蓮에 대한 인식이 깊어진 듯하다. 산중 사찰에서뿐만 아니라 일부 지방자치단체와 도심에까지 확산되어, 연꽃 축제가 도처에서 연꽃 피어나듯 피어나고 있다. 좋은 일이 아닐 수 없다.

연잎차, 연꽃차를 알고 있을는지. 백련白蓮의 잎과 화방을 잘 골라 음지에서 말린 뒤 조금씩 끓여 마시면 은은한 향이 더할 수 없이 좋다. 또 한 가지, 저녁 무렵 연의 화방에 두어 번 먹을 만큼의 차를 한지에 싸서 넣어 두었다가 이튿날 아침 꺼내 달여 마시면 그 향이 또한 독특하다.

산사의 차는 그냥 마시는 게 아니라, 사람과 사람을 훈훈하게 어루만지는 것이다.

겨울

촛불을 밝혀 놓고

겨울 토굴살이

오래 전, 도반 법인 스님의 토굴에서 겨울 한 철을 같이 지낸 적이 있다. 경상북도와 강원도의 접경에 위치한 그 토굴엔 유난히 눈이 많이 내렸다.

집채만한 바위를 뒤로 하고 들어앉은 그 토굴은 전망이 아주 좋았다. 굽이굽이 펼쳐지는, 파도처럼 뻗어나간 산줄기들이 엎치고 겹치면서 일망무제一望無際로 끝간 데 없이 달음질치고 있었다.

산중은 아침 저녁으로 아궁이에 불을 두 번 지핀다. 그래야 종일 방안에 온기가 감돈다. 이른 아침 일찌감치 군불을 지펴놓고 창 앞에 앉아 내리는 눈발을 바라보곤 했다. 굽이굽이 뻗어나간 산줄기 위로 눈은 하염없이 쏟아져 내렸다. 이렇게 계속 눈이 내리면 허벅지까지 쌓여 교통이 완전히 두절된다.

우수, 경칩이 지나고 겨울 얼음이 조금씩 풀리기 시작할 무렵에야 쌓였던 눈이 녹아 길이 열린다. 산중 사람들은 겨울 내내 이렇게 갇혀 지낸다.

한겨울 서너 달을 꿈쩍 않고 갇혀 지내려면 땔감과 식량이 넉넉해야 한다. 토굴에 사는 스님들은 물론이고, 산촌 곳곳에 흩어져 사는 독가촌 사람들도 가을이 끝나갈 무렵이면 겨울 준비에 바쁘다. 추녀 끝에 줄기줄기 매달려 있는 옥수수도 좋은 식량이다.

우리는 점심 공양 후면 어김없이 산으로 올라 마른 나뭇가지들을 주워 날랐다. 그것을 톱으로 알맞은 크기로 썰고 도끼로 쪼갠 후에 가지런히 쌓아놓았다.

토굴 주변 텃밭에 심었던 배추와 무, 고추, 감자들도 수확하여 저장하고 김장도 두 독이나 실하게 담갔다. 별 찬거리가 없는 겨울 토굴 살림에 김장 김치는 없어서는 안 될, 그야말로 일등공신이다. 이것을 그냥 먹기도 하고, 찌개를 끓여 먹기도 하고, 볶아 먹기도 하며 한겨울을 난다.

이렇게 나름대로 준비를 끝내고 들어앉으면 만석꾼 부자가 부럽지 않다.

하루 두 끼, 그저 굶어 죽지 않을 만큼만 먹으며 육신과 정신을 다스려 나간다. 꼭 필요한 말만 하며 자신만의 둥지를 틀고 그 안에 침잠한다.

겨울 토굴살이는 어찌 보면 동물들의 동면과 흡사하다. 동물들이 아예 꿈쩍도 하지 않는 반면, 조금은 움직이고 지낸다는 것이 다를 뿐.

내리는 눈발을 가만히 바라보고 앉아 있노라면 참으로 좋다. 편안하고 편안하다.

온 산중 백설의 희디흰 풍경 속에 나 또한 하나의 풍경이 되어 하루를 보낸다.

어떤 이는 부귀와 영화를 쫓다가 생을 마감한다. 일이 잘 풀리면 꿈꾸던 부귀와 영화를 누리다 가지만, 그렇지 못한 경우엔 제 명命도 누리지 못하고 갖은 고초만 겪다 비명 횡

사할 수도 있다. 이것이 부귀와 영화의 속성이 아니던가. 지금 우리네 주변에서 심심찮게 나타나고 있는 모습이기도 하다.

이에 비한다면 스님네들의 삶은 얼마나 청정한가. 비록 누더기를 걸치고 산속에서 나물죽을 먹으며 외롭게 살아간다 할지라도 가장 순수한 인간의 길이라 할 수 있다.

눈이 내린다. 그칠 줄도 모르고 종일 쏟아져 내린다. 그 눈 속에, 백설의 풍경 속에 누군가 앉아 있다. 앉아서 그 모든 풍경을 자신의 것으로 바꾸어 놓는다.

겨울 토굴은 눈 속에 파묻혀 이제 보이지 않는다.

도피안사의 겨울

세차게 바람이 불더니 소복이 눈이 쌓이고, 눈의 무게를 견디지 못한 나뭇가지들은 밤새 툭툭 부러져 내린다. 도피안사의 겨울은 길다. 세상을 다 덮을 듯 쌓이는 눈과 밤새 부러져 내리는 나뭇가지들을 바라보며 아득히 긴 겨울을 지낸다.

좌선의 어깨 위로 내리는 눈. 부러지는 나뭇가지들의 비

🐟

세상 모두가 눈 속에 묻힌다.
불안함은 어디론가 날려 버리고 온 세상을 포근히 감싸준다.

명 소리, 뼛속 깊숙이 스며드는 바람의 아우성.

잠시 여행을 떠난다. 이 탐진치의 지구를 벗어나, 또 다른 태양계의 어느 알 수 없는 별을 향해 여행을 떠난다. 찬란한 별들, 무수히 떨어져 내리는 유성의 무리들.

그 곁을 지나고 지나면서 여행은 계속된다. 어두운 우주 속, 허나 때때로 밝은 빛이 나타났다 사라진다. 또 다른 무수한 태양계의 알 수 없는 비밀들. 멀리 푸른 빛이 보인다. 끝없이 펼쳐진 바다와 산……. 그곳을 향해 조용히 착륙한다.

누군가 있다. 노인이다.

"어디서 왔소?"

노인은 정중히 객을 맞는다. 빛깔이 맑은 녹차 한 잔 나누면서 노인과 객은 하늘의 찬란한 별들을 하염없이 바라본다. 노인의 얼굴은 한없이 맑고 또 맑다.

"돌아가겠소?"

노인이 묻는다.

객은 그냥 웃을 뿐이다.

별이 쏟아져 내릴 듯한 허공을 가리키며 노인 또한 그냥 웃는다.

도피안사의 겨울.

내리는 눈은 쓸어도 쓸어도 이내 한없이 쌓여, 대웅전을 오르는 축대조차 보이지 않는다. 요공 스님은 눈을 쓸고 있다. 끝없이 내리는 눈을 요공 스님은 쓸고 또 쓴다. 요공, 요공……. 자신의 법명을 염불처럼 외면서 하루 종일 눈을 쓴다.

도피안사는 어디인가.

한 많고 시름 많은 이 세상의 끝자락 어딘가에 도피안사는 있다. 천 년 전에도 있었고, 지금도 의연히 그 자리에 있다. 꿈 속에서처럼 그 자리에 머물러 있어, 천 년 전 어느 날이 그대로 숨쉬고 있다.

봄이면 산중턱 여기저기 숨은 듯 서 있던 산벚나무 가지에서 뭉게구름처럼 꽃이 피지만, 이런 겨울엔 모든 것이 하얀 눈 속에 파묻힌다.

도피안사. 저쪽 언덕에 이르는 길은 멀고…….

다시 눈이 내린다.

촛불을 밝혀놓고

인간은 동물이다. 동물 본성 그대로 호전적이다. 인류의 역사가 시작된 이래로 이 지구상에서 전쟁이 끊일 날이 없었다.

인간은 참으로 복잡한 동물이다. 고대 중국에서 인간의 본성을 두고 성악설과 성선설로 나누어 논쟁한 적도 있었지만, 그 두 가지를 모두 공유하고 있는 것이 인간이 아닌가 싶다.

붓다는 자비를, 예수는 사랑을, 마호메트는 평화를 주창

했다. 이 중에 붓다의 자비만이 한 번도 싸우지 않았다. 기독교는 십자군을 내세워 저 유명한 백년전쟁을 치렀다. 평화를 주창한 마호메트의 이슬람도 끝없이 싸웠고, 오늘도 미국을 비롯한 서방과의 전쟁을 벌이고 있다.

그러나 사랑을 주창한 예수의 기독교가 어찌 싸움을 원했으며, 평화를 주창한 마호메트의 이슬람이 어찌 그들 교도들을 향하여 폭력을 행사하도록 했겠는가.

문제는 정치다. 정치는 이러한 종교를 이용하고 부합하여 전쟁을 일삼았다. 종교에 대한 맹신盲信이 이를 부추겼다.

이슬람 과격파는(그들은 그것을 원리주의라 한다) 매우 호전적이라고 들었다. 자신들은 처첩을 여럿 거느리는 비현실적인 남성 우월주의를 교리에 빗대어 신봉하면서 여성들을 핍박한다.

이번 전쟁의 원인이 된 아프가니스탄 정권은 여자아이들과 여교사들을 학교에서 내쫓아 버렸다. 그 여자아이들이 밤에 몰래 모여 공부하는 장면을 보고 참으로 가슴이 아팠다.

옛날 일제 치하에서 우리 여학생들이 밤에 몰래 모여 독립 운동 집회 전단을 나누어 가슴에 품고는, 왜경의 눈길을 피해 골목 골목으로 쫓기듯 흩어지던 모습이 떠올라 눈시울이 시큰했다. 아프가니스탄의 여학생들 또한 그렇게 공부하는 것이 발각되면 처형당한다고 한다.

이 얼마나 무지한 맹신의 결과인가. 맹신은 맹신을 불러 테러가 일어나고, 급기야는 전쟁의 불씨를 지폈다. 물고 물리는 악순환, 어찌 감히 종교의 이름을 빙자하여 이런 짓을 저지를 수 있단 말인가.

어떠한 경우에도 사람과 사람이 싸우는 전쟁은 피해야 마땅하다. 더구나 종교를 빙자하여 저지르는 행위는 절대로 일어나서는 안 된다. 화는 화를 불러, 결국 자신에게 돌아오기 마련이다.

어려운 이 시절에 우리 불자들은 다시 한번 부처님의 자비를 가슴 깊이 되새겨 봐야겠다. 그리고 마음 안에 있는 적을 스스로 무찔러 자비와 사랑과 평화를 이루기를……

존재하는 모든 것은 유한하다. 그 어떤 것도 윤회의 틀에서 벗어날 수 없다. 이런 만고의 법칙을 사람들 역시 어렴풋이나마 감지하고 있다. 그러면서도 이해타산에 눈이 어두위 이를 망각하고 계속해서 싸운다. 이슬람 과격파들은 그들의 목숨을 티끌처럼 내던진다. 목숨을 내던질 차례를 줄 서서 기다린다. 그들에게 협상과 타협의 여지는 없다. 공생共生의 희망은 그 실마리조차 보이지 않는다.

첫눈이 내린다. 첫눈은 서설瑞雪이다. 오랜 가뭄 끝에 내리는 상서로운 첫눈. 아이들은 눈을 맞으며 좋아라고 뛰어다닌다. 천진무구한 웃음을 허공에 날리며 눈과 함께 행복해한다.

세상 모두가 눈 속에 묻힌다. 불안함은 어디론가 날려 버리고 온 세상을 포근히 감싸준다. 이 첫눈의 힘으로 오랜 가뭄이 해갈되고, 위축되었던 경제와 불안한 정치가 풀리고, 온 사회가 두루 편안하기를 기원해 본다.

영혼을 위한 음악 1

미국으로 유학 보냈던 대학 4학년 외아들을 위암으로 먼저
보내고 49재를 올리면서 슬피 우는 어머니와 생을 다하지
못하고 먼저 간 그의 아들에게 이 글을 올린다.

풀리지 않는 끈을 억지로 풀려 하지 말아라.
세상은 깊고 험하고 풍파스럽고 여러 가지로 고달프다.
어느 구석에선가 감자 튀기는 냄새가 난다.
냄새가 나고, 그 감자를 먹으러 오는

사람들의 발자국 소리가 골목 저 끄트머리에서,
끄트머리 어디쯤에서 들려오기도 한다.

풀리지 않는 끈을 억지로 풀려 하면 상처를 입는다.
상처는 잘 치유되지 않는다.
상처는 너무 오래 가기에 아프고 슬퍼진다.
잊어 버려야 한다.
잊음으로 해서 또 다른 인연이 다가오고,
그 인연이 새로운 생명의 가능성을 보여주지 않겠는가.
그때 슬퍼해도 늦지 않다.
절대로 울지 말아야 한다.
울음은, 될 수 있으면 캄캄한 지하 창고에 가두어 두어야
한다.
그래야만 그 울음이 숙성되어 진실로 큰 울음이 탄생되
지 않겠는가.

그리워하지 말아라.
울음과 죽음 그리고 새로운 탄생은 곧

한 가지로 곧게 서 있음을 알리라.

그리워하지 말라.

그리워할수록 그리움은 멀어진다.

너희들은 알고 있는가.

꿈 속에서도,

너희들은 알고 있는가.

모든 것은 아름답다.

아름다우면서 생명은 크고, 그리고 또한 깊어진다.

영혼을 위한 음악 2

절망하지 말라고 꽃이 핀다.

꽃은 피어서 절망을 잊고, 저 혼자 한 계절을 홀로 보낸다.

절망하지 말라고 꽃이 핀다.

봄날 저녁 한 아이가 뜨락에 핀 채송화를 물끄러미 지켜 서서 보고 있다.

아이는 다가오고 있는 가을을 예감한다.

뜨락엔 맨드라미도 피어 있다.

아이는 오랫동안 움직이지 않고 서서 꽃을 본다.

잠시 적막이 뜨락을 휩싸고 돈다.

서풍이 분다.

서풍이 불면 적막은 어느새 그 자리를 잊어 버리고,

꽃은 이리저리 제 길을 몰라 휘둘린다.

이층 베란다에서 아이의 엄마는 가만히 서서

아이와 꽃과 서풍이 부는 뜨락의 조그만 풍경을 내려다

보고 있다.

아이는 흔들리지 않고 그대로 선 채로 식물처럼 있다.

절망하지 말라고 꽃이 핀다.

아이의 엄마는 이층 베란다에서 미동도 않은 채

죽음처럼 서 있다.

작가의 죽음
— 한처사를 추억하며

참으로 외로운 죽음이었다. 혼자 왔다 혼자 가는 길. 죽음
은 원래 외로운 법이라지만, 이 사람의 죽음은 유별나게 외
로워 보였다. 〈유리알 눈〉이란 단편소설로 등단한 뒤 그는
꾸준히 작품 활동을 해왔고, 이후 동인문학상을 수상하기
도 했다.

어느 해, 그는 내가 살고 있는 청량산으로 찾아왔다. 차
를 들면서 그는 울먹였다.

"스님, 죄송하지만 나 돈 좀 어떻게 마련해 주시오. 몸이

자꾸 아파요."

"돈으로 무얼 할려고?"

"뱀을 좀 사서 푹 고아 먹으면 이 병이 나을까 하구
요……."

그는 폐병인 것 같다고 했다.

1950년대 후반쯤인가, 어느 해 작가 김유정이 폐병으로
죽어가면서 친구들에게 편지를 보냈다.

'벗들아, 나 돈 좀 보내줘. 뱀을 좀 고아 먹으면 이 병이
낫는다고 하네. 부탁함세.'

그러나 김유정은 뱀을 고아 먹기도 전에 사망했다.

내가 이 얘기를 들려주자 그는 병원에 입원한다고 했다.
조금의 돈을 마련해 그에게 보낸 뒤, 그의 소식이 궁금했
다. 입원을 했는지 어쨌는지.

그런데 어느 날 한처사의 친구로부터 전화가 걸려왔다.

"스님, 한군이 병원에 입원해 있어요. 좀 올라와 주세
요."

나는 물었다.

"폐병인가?"

그는 잠시 있다 말했다.

"폐병이 아니고 혓바닥에 암이 생겼어요."

"혓바닥에 암이? 그런 병이 있는가?"

나는 아는 의사를 통해 한처사의 병에 대해 물어 보았다. 그런데 그 병은 고칠 수가 없다고 했다.

한처사는 얼굴은 퉁퉁 부어 있고 아무것도 먹지 못한 채 주사만 맞고 있었다.

'스님, 나 좀 살려주오……'

그는 나를 보더니 눈물을 글썽거렸다. 말도 하지 못하고 볼펜으로 쓴 메모 쪽지를 내밀며.

한처사는 나의 어릴 적 도반의 동생이다. 도반은 일찍 미국으로 이민을 떠나 나는 그의 주소도 전화번호도 몰랐다. 한처사, 그도 모른다고 했다. 한처사의 절박한 상황을 도반에게 알려주고 싶었지만 도리가 없었다.

그의 병원비를 보태기 위해 여러 군데 전화를 했다. 그의 형의 친구들과 동창들이었다. 그들은 기꺼이 와주었고 자기 주머니를 털어 도와주었다.

우리는 한처사의 유고집을 내기로 했다. 나는 차마 그의 모습을 볼 수가 없었다. 살려달라는 그 한마디를 잊을 수가 없었다. 허나 어찌 하겠는가. 절망과 희망 사이에서 울먹이며 그는 죽음을 맞이했다.

서른일곱, 결혼도 안 한 그는 가족도 없었다. 병원 영안실에서 사흘을 머물면서 그의 혼을 위로했다. 그리고 벽제로 갔다. 시신을 태우고 몇 줌 안 되는 그의 뼛가루를 허공에 뿌렸다.

한처사, 다음 생엔 좋은 집안에서 태어나 아무 걱정 없이, 아무 병 없이 살아라.

나무아미타불.

청량산 산꾼 할아버지

청량산 자락, 산꾼 할아버지 이대식 씨는 십 년 전 아랫마을의 비어 있는 재실을 수리해 들어왔다. 만년에 뿌리를 내리고 살기 위해서였다. '수리'라고는 하지만 사실 새로 짓다시피 했다.

올해 예순셋인 이대식 씨는 건강하다. 히말라야의 높은 고봉까지 다녀왔다는 그는, 요즘도 해마다 두어 번 암벽 등반을 한다. 그가 암벽 등반을 하는 모습을 담은 대형 사진은 산꾼 할아버지가 얼마나 산을 사랑하는지 잘 대변해 준다.

히말라야 안나푸르나 봉을 뒤로 한 채 검은 선글라스를 쓰고 멋지게 서 있는 젊은 날의 모습은 정말 근사했다.

그는 목걸이를 만들어 등산객들에게 팔고 있다. 질긴 섬유로 끈을 대신하고, 플라스틱을 절제하여 갈고 닦아 만든 귀면 같기도 하고 하회탈 같기도 한 목걸이를 삼천 원에 판다. 그러고는 차까지 보시한다. 오가피 등 여섯 내지 일곱 가지의 약재를 섞어 끓여낸 산꾼 할아버지의 차는 아주 진하고 향기가 좋다. 그는 이 차를 그냥 공짜로 내놓는다.

'올라오시느라 힘드셨지요? 차나 한 잔 하고 쉬었다 가십시오. 찻값은 받지 않습니다.'

그의 집 문 앞엔 이런 현판이 걸려 있다.

그는 요즘 또 다른 일을 하고 있다. 경주 보문단지에서 도자기 굽는 법을 배워서 도자기를 굽는 데 열중하고 있다. 경기도 이천에서 흙을 실어와 도자기를 빚고 있는데, 얼마 전에는 집 한켠에 가스 가마도 들여놓았다. 뿐만 아니라 달마도를 그려 한 장에 만 원씩 받고 팔기도 한다. 참으로 재주가 무궁무진한 산꾼 할아버지다.

때로 약주 한 잔에 거나하게 달아오르면 산꾼 할아버지

는 찾아오는 등산객들을 방으로 불러들여 그가 출연했던 장면을 담은 비디오를 틀어준다. 그는 비디오를 아주 자랑스럽게 보여주며 행복해한다. 대인관계가 좋아 그의 집엔 늘 손님이 끊이지 않는다.

"스님, 오늘 SBS에서 촬영하러 오는데 내려오시지 않을래요? 저녁 공양은 우리집에서 들도록 하세요."

그는 이런 전화를 하며 유쾌하게 껄껄 웃는다.

산꾼 할아버지의 만년은 아주 활기차고 매일 매일이 새롭다.

지옥과 극락 사이

심즉시불心即是佛. 스스로의 마음속에 부처가 있다. 마음 속에 부처가 있다면 지옥도 극락도 오직 한 가지로, 그 마음 한가운데 존재하지 않겠는가.

《무량수경無量壽經》에 보면, 극락은 보석이란 보석은 모두 동원하여 전각을 지었다고 한다. 꽃이란 꽃은 사시사철 피어 있고, 자태 있는 새들이 날아다니며 꽃과 전각 주위를 즐겁게 하고, 많이 먹지 않아도 배가 부르는 향기로운 음식과 차가 늘 마련되어 있고, 이따금 울리는 천녀天女들의 음악은 모든 번뇌를 잊게 해준다고 했다. 그리하여 극락은 인간이 도달할 수 있는 최상의 복지福地, 최상의 낙토樂土라 했다.

그러한 복지, 낙토가 참으로 존재하고 있을까. 경經에는 분명히 존재한다고 했다. 아미타불이 주석하고 계시는 그곳은 온갖 낙樂이 모두 모여 있는 극치極致의 땅이라 해서 '극락' 이라 이름하였다.

극락과 반대되는 또 하나의 세계, 그곳은 '지옥' 이다. 도산지옥은 늘 칼이 꼿꼿이 서 있는 칼의 숲으로 떨어지고 또 떨어지곤 한다. 화탕지옥은 용암이 들끓는 곳이고, 독사지옥은 우글거리는 독사들 속에서 살아야 한다.

극락은 깨끗한 몸과 마음으로 즐거움의 전체를 즐기고, 지옥은 고통 속에서, 끝없는 혼돈 속에서 나날을 보내야 한다.

진실로 지옥과 극락이 있는지는 묻지 마라. 그것은 어리석은 짓이다. 부처님이 중생에게 거짓말 하실 분인가. 그분은 지옥과 극락은 분명히 있다고 말씀하셨다.

이승에서 악행惡行을 많이 저지르면 지옥으로 떨어져 고

통을 받게 될 것이고, 남을 위해 헌신하고 선업善業을 행하면 극락으로 가서 평안을 얻을 것이다.

이것이 부처님의 주된 가르침이다. 부처님의 가르침에 대해서 절대 의문을 가져서는 안 된다. 의문을 가질수록 그 의문은 자꾸만 커져 자기도 모르게 캄캄한 어둠 속으로 떨어져 버린다.

몇 해 전, 어느 자리에서 돈연 스님이 한 얘기가 생각난다. 스님은 어쩌다 혼인하게 되어 지금 아이들이 셋이나 된다. 된장도 담그고, 고추장도 담그고, 간장도 담그고, 그렇게 생활을 꾸리면서도 그는 경학 연구소를 차리려는 꿈을 키우고 있다. 그는 부처님 곁을 떠나지 않았다. 여전히 승복을 정갈하게 차려입고 밤늦도록 경전의 숲을 헤매고 다닌다.

승속僧俗이 어찌 동일하다고 할 수 있으랴만, 스님은 그만의 법도를 지키며 심심산골 적막을 자기 것으로 불러들인다. 그는 시도 쓰고, 시집도 한 권 출간했다. 외국 유학도 다녀온 그의 부인은 첼로를 전공했다. 부인은 아이들을 돌보고, 스님의 뒷바라지를 하고, 된장, 고추장, 간장도 담그며 열심히 하루하루를 살아가고 있다.

잔설이 덮인 수백 개의 독을 쓸고 닦으며, 그녀와 스님의 삶은 깊은 밤 동산에 떠오르는 둥근 달처럼 원만하게 꾸려지고 있음을 사람들은 안다. 무슨 특별한 것을 얻으려 하지 않는 무욕無慾이 욕慾인 조촐하고 경건한 삶.

그러나 그들에겐 시련도 많았다. 돈연 스님이 언젠가 트럭을 몰고 정선 정암사를 다녀와 보니 살고 있던 집이 없어졌더란다. 아무리 휘둘러봐도 분명히 자기 집이 있던 자리였는데, 집은 없고 연기만 여기저기서 무력무력 피어 오르고 있었다고.

아내와 아이들……. 그는 순간 지옥을 느꼈다. 이보다 더한 지옥이 어디 있겠는가.

그는 달음질쳐 마을로 향했다. 몇 가구 살지 않는 산골 마을. 그가 소리쳐 아내의 이름을 부르자 어느 집에선가 그의 아내가 아이들을 데리고 나타났다. 그는 그들을 부둥켜안으며 눈물을 흘렸다. 지옥과 극락이 교차하는 순간이었다.

모든 것은 종이 한 장 차이. 동전의 앞뒤 면 같은 것. 지옥과 극락 사이는 우리들 마음 씀씀이에 달려 있는 것이다.

우리 오늘은 깊은 밤 나뭇가지를 스치는 바람소리에 귀를 기울여 보자.

비 오는 밤에

무엇이 되고 싶소, 이 밤에?
떠오르는 햇덩이 같은 것
끝없이 포효하며 용솟음치며
넘실거리는 해일 같은 것
이른 봄
있는 듯 없는 듯한 아지랑이 같은 것
고샅길을 돌아
담 모퉁이로 사라져가는

누군가의 그림자 같은 것
그런 것들의 뒤로
그런 것들의 아득한 풍경을 비켜서서
세차게 비가 내리고 있소

사랑을 잃어버린 처녀가
하염없이 눈물짓는 어느 창가에도
비는 내리고
김치 보시기 하나 달랑 놓여 있는
개다리소반을 앞에 두고
홀로 술을 마시는 자의
무연한 눈빛 속에서도
비는 내리고
쑥대굴헝 척박한 땅
쐬비름 뜯어내는 삼베 적삼 기운 등짝에도
비는 내리고

무엇이 되고 싶소, 이 밤에?

소박 맞은 아낙이 갈 곳 없어

친정집 바라보는 먼 동구 밖에서

하염없이 눈물 흘리는 비 오는 밤에

아무것도 되고 싶지 않은

비 오는 밤에

그러나 반가운 소식이라도

올 것 같은 비 오는 밤에

추적추적 궂은 비가

내리고 있소.

새벽의 합동 연주

부모와 딸의 변주곡.

날이 어두워지기 시작하면 잠이 들 때까지 노래를 부르는, 열대여섯된 정신 지체 여자아이가 있었습니다. 부모는 이 가 없은 딸과 함께 밤이 새도록 노래를 불러 주어야 했습니다.

세월이 꽤 지난 지금, 어디선가 그들이 건강하고 행복하 게 살고 있었으면 좋겠습니다.

"목메인 이별가를 불러야 하나, 돌아서서 피눈물을 흘러야 하나……."

새벽 네 시였다. 이제 연주를 그쳐야 할 시간이었다. 그러나 딸은 그칠 줄을 모른다.

"이제 아빠 쉬러 가도 되지?"

딸이 거부한 모양이었다. 아빠의 쉰 듯한 목소리와 딸의 목소리가 계속 울려왔다.

"백마강 달밤에 물새가 울어……."

좋다, 좋아. 엄마는 조그맣게 박수를 치며 딸의 흥을 돋운다.

해가 지고 저녁을 먹고 캄캄해진 여덟 시나 아홉 시쯤 시작되는 이들의 음악회는 끝나는 시각이 정해져 있지 않다. 모든 것은 딸의 의사에 의해 결정된다.

"운다고 내 사랑이 오려나마는 눈물로 달래보는 서글픈 마음……."

이번엔 부모와 딸의 화음이다.

"목숨보다 더 귀한 사랑이건만 창살 없는 감옥인가. 만날 수 없네……."

하나 둘 셋, 아버지의 목소리에 이어 노래는 이어진다.

"사랑해선 안 될 사람을 왜 이리 사랑했나. 상처진 그 님을 왜 이리 사랑했나……."

나는 그만 목이 메어 눈물이 솟구쳐 오른다. 주체할 수 없는 눈물이 두 뺨을 타고 쉼 없이 흘러 내린다.

새벽은 깊고 그윽하다. 깊고 그윽한 새벽의 오솔길을 따라 딸은 흐느끼는 듯한 목소리로 연이어 노래를 부른다. 알 수 없는 어느 먼 나라를 향한 애절한 몸부림인 듯, 다가올 운명에 대한 어떤 안타까움인 듯, 노래는 이어지고 이어진다.

"해당화 피고 지는 섬마을에 무얼 찾아 왔는가, 총각 선생님……."

노래는 끊이지 않고 계속 이어진다. 그들에게는 소중한 하나의 일과였고, 그 일과를 마감할 뿐이었다. 나는 내 감정을 누를 수 없어 과일 몇 알을 봉투에 넣고 그들의 연주장으로 간다. 그들은 불을 끈 채 연주한다. 그것이 그들의 관례인 듯하다.

문을 두드린 후 과일 봉투를 다급히 넣어주고 돌아선다. 조금 후 나에 대한 답례인 듯 그들은 조용필의 〈허공〉을 보내준다.

"꿈이었다고 생각하기엔 너무나도 아쉬움 남아. 가슴 태우며 기다리기엔 너무나도 멀어진 그대. 사랑했던 마음도 미워했던 마음도 허공 속에 묻어야만 될 슬픈 옛이야기……."

그리고 아무 소리도 들리지 않았다.

창 밖을 보니 달이 떠 있었다. 찬바람이 불고 있었다. 스산한 겨울 밤이었다.

눈꽃

겨울 산에도 새들은 깃든다. 새들은 저희들끼리 몰려다니면서 우짖는다.

겨울 산은 먹을 것이 없다. 허나 새들은 먹을 것을 찾아다닌다. 눈을 쪼아 먹기도 하고, 익다 남은 빨간 망개를 먹기도 한다. 빨간 망개를 먹고는 목이 마른 듯 쪼르르 눈을 쪼아 먹는다.

봄이 올 때를 기다리면서, 새끼를 낳아 키우기 위해, 그리고 알을 보듬기 위해 새들은 열심히 스스로의 몸을 지켜

내야 한다. 빨간 망개를 먹고 눈밭에서 부리를 부비는 모습이 참으로 아름답다. 너무도 아름다워 나는 늘 그들을 향해 합장한다.

새들이 다시 우짖기 시작한다. 나를 향해, 아니 법당에 계신 부처님을 향해 우짖는다. 그것은 그들의 음악이자 예불이다. 자연과 더불어 올리는 가장 소중한 예불이다.

그들은 새벽의 깊은 적막을 조금씩 쪼아 먹으며 나타난다. 그리고 그렇게 매일 나의 주변을 감싸고 돈다.

그래, 있는 듯 없는 듯한 빨간 망개를 먹고 있는 조그만 새들아. 내 멀리서 너희들에게 웃음을 보낸다.

삶이란 본래 견디기 힘든 것. 삶은 저 뜨거운 여름날 기찻길을 따라 떠나가는 것과 같다. 그렇게 우리네 삶은 완성되어 가는 것이겠지.

새들아, 너희들 또한 그렇지 않겠는가. 아무런 의미 없는 삶은 삶이 아니다. 그래, 우짖고 또 우짖으면서 새벽 산사의 맑은 공기를 흔들어 놓아라. 그리하여 너의 혼을 잠재워라.

폭설이 내린 어느 날 아침, 장지문을 열고 내다보니 저런, 온 산천에 눈꽃이 피었구나. 메마른 나뭇가지들 위로

송이송이 흰 눈꽃이 피어 있구나. 옛 사람들은 겨울 눈꽃을 설화라고 했던가. 참으로 아름답다.

이 겨울, 장지문을 열고 내다보는 눈꽃의 아름다움. 내 어찌 잊을 수가 있겠는가. 지금 이 순간 그냥 이대로 시간이 멈추었으면……

모든 것은 종이 한 장 차이. 동전의 앞뒤 면 같은 것.
지옥과 극락 사이는 우리들 마음 씀씀이에 달려 있는 것이다.

삶과 죽음

사람들이 자꾸 죽어가고 있다. 자연의 순리에 따른 죽음이 아니라, 스스로 목숨을 끊는 사람들이 갈수록 늘고 있다는 말이다. 어떤 연유에서인가. 유행처럼 자살하는 이들의 소식이 들려온다. 반갑지 않은 이 악성 유행이 이 나라를 좀먹고 병들게 하고 있다.

　목숨을 헌신짝처럼 내던져 버리는 이 생명 경시 현상은 어디서부터 오는 것인가. 사이비 종교 단체가 밥 먹듯이 외쳐대는 이른바 '말세末世'가 도래해서인가.

성인뿐만 아니다. 미성년자도 많이 죽는다. 부모에게서 꾸중을 들었다고, 성적이 떨어졌다고, 학교 친구들로부터 '왕따'를 당했다고 자신의 목숨을 버린다. 그것이 스스로 목숨을 끊을 만큼의 이유인가 싶지만, 요즘 청소년들에겐 절대적인 이유가 되는 모양이다.

이 모든 것이 핵가족에서 비롯된 과보호와 도가 지나친 교육열, 오직 경제만이 제일인 사회 풍토에서 비롯되었다. 여러 가지 요인들이 밑바탕에 깔려 아이들의 정신을 황폐화시키고, 말초적인 것에만 몰두하게 만들어서 자신의 생명조차 가볍게 여기게 된 것은 아닐까.

극심한 서구화와 경제 발전도 한몫 한다. 자기 나라 말도 채 익히기 전에 영어 공부를 시키고, 김치와 된장을 멀리 한 채 패스트푸드와 육류 위주의 식생활을 하면서, 마치 이것이 상류층의 삶인 양 여기는 일부 몰지각한 부모들도 우리 아이들을 위태로운 사각지대로 몰고 있다. 엄청난 사교육비 때문에 파출부로 일하고, 심지어는 유흥업소까지 나가는 주부가 심심찮게 있다니 그저 놀라울 따름이다.

그런데 얼마 전 국가의 교육 기관에서 조사한 바를 보면,

초 · 중 · 고교 동안 계속 과외를 받아온 학생과 그렇지 않은 학생이 정작 대학 수능 시험에서는 차이가 없었다는 것이다.

경제 발전과 함께 현대인의 하루하루가 급격하게 돌아가고 있다. 서두르지 말아야 한다. 우리에겐 자신을 돌아볼 여유가 필요하다. 우리 국민들은 끈기 있고 부지런하고 슬기롭다. 그런데 너무 서두르는 것이 병폐다. 찬찬히 살펴가며, 한 발자국씩 나아가는 것도 중요하다. 서두른다고 해서 모든 것이 해결되지는 않는다. 오히려 큰 화근을 불러올 수도 있음을 새겨두자.

세 번 참으면 살인도 면한다고 했다. 쉽게 죽음을 결정하기 전에 세 번쯤, 서른 번쯤 참고 생각해 보면 어떨까. 자기 목숨이라고 해서 자기 마음대로 한다는 사고방식은 큰 잘못이다.

삶은 아름답다. 성실하게 물을 주고 가꾸어야 할 삶을 초개처럼 버리는 안타깝고 슬픈 일들이 더 이상은 일어나지 않았으면 하는 간절한 바람이다.

나무관세음보살.

에필로그 – 말과 글

타고난 재주가 있어 매끄럽게 글을 잘 쓰는 사람이 있는가 하면, 학문이 깊어 글에 깊이와 무게를 실어 읽는 이들을 감동시키는 사람도 있다. 이처럼 글은 그 글을 쓰는 사람의 성격과 인품과 교양의 정도에 따라 차이가 난다. 여기서 새삼 이 이야기를 끄집어내는 연유는, 한 마디로 글쓰기가 얼마나 힘들고 어렵고 곤혹스러운지 비로소 깨달았기 때문이다.

평생을 하루도 거르지 않고 일기를 써온 사람들에 대한

기사를 읽은 적이 있다. 비록 자신의 글을 세상에 발표하지는 않았지만, 그 사람은 매일같이 쓰고 또 썼을 것이다. 우연히 길을 걷다 만난 인연에 대한 이야기일 수도 있고, 달 없고 별 없는 흐린 어느 그믐밤의 행로行路일 수도 있겠다. 그의 글은 타인에게 보여지지 않음으로 해서 더욱 자유로운 공간을 확보하고, 그 공간에서 아무런 거리낌 없이 그만의 생각과 미래에의 비전을 엮어 나갔음에 분명하다.

그 사람은 글쓰기에 대한 두려움과 어려움, 곤혹스러움은 별로 느끼지 않았을 것이다. 저 혼자 쓰고 저 혼자 읽어 버리면 그만인 까닭이다. 또 마음에 들지 않으면 지워 버리고 다시 써넣으면 그만이다.

그러나 이른바 청탁이라는 걸 받아 글의 앞뒤를 재고 전후좌우를 가늠하여 쓰는 글의 사정은 만판 다르다. 저 혼자 쓰고 덮어 버리면 그만인 글이 아니라, 남녀노소 각계각층이 읽고 논할 '내놓은' 글인 까닭이다.

내 듣기로, 글쓰기를 업業으로 삼은 전문 문필가들은 사석에서 일체 글에 대한 이야기를 하지 않는다고 한다. 그저 가벼운 대화만 주고받을 뿐, 진지하고 심각하게 글의 '가

나 다 라' 를 언급하지 않는다고 했다.

왜 그러할까? 내 생각에 문필가들은 말과 글에서 조금이라도 벗어나고 싶었던 것 같다. 의식적이든 무의식적이든 그들은 말과 글로부터 도망가고자 했던 것이다.

지금, 그들의 마음을 조금 알 수 있을 것 같다.

불립문자不立文字 교외별전教外別傳
직지인심直指人心 견성성불見性成佛

선가禪家의 격언처럼 되어 있는 이 구절은 우리의 상식을 뛰어넘는다. 장강대하長江大河 같은, 가도 가도 끝이 보이지 않는 경전의 숲은 그 전체가 곧 시詩고 소설이다.

지현스님은
현재 경북 봉화의 청량산 청량사 주지로 재임 중이다.
어린 벗들을 위하여 찬불동요를 만들고 있는
'좋은 벗 풍경소리'의 총재이며,
중앙종회의원으로 종단의 이모저모를 살피고 있다.
또한 시민이 참여하여 조화로운 사회를 실현하고자 하는
'함께하는 시민행동'의 공동대표로 활동하고 있다.

석지현, 그는 그렇게 산다.

바람이 소리를 만나면 …

초판 1쇄 발행 2007년 8월 23일 | 초판 4쇄 발행 2021년 6월 17일
지은이 석지현 | 펴낸이 김시열
펴낸곳 도서출판 운주사

(02832) 서울시 성북구 동소문로 67-1 성심빌딩 3층

전화 (02) 926-8361 | 팩스 0505-115-8361
ISBN 978-89-5746-191-4 03810   값 12,000원
http://cafe.daum.net/unjubooks 〈다음카페: 도서출판 운주사〉